Mitsu & Keito
「ご褒美に
首輪をください」

「《キス》《Kiss》」

頬に唇が押し当てられる。それから、唇にも。

「《リック》《Lick》」

「舐めろ」という意のコマンドを出すと
優しくベッドの上に押し倒され、
ネクタイを引き抜かれた。

ワイシャツのボタンが外され、胸骨の上を主人の舌が這う。

(本文p.251より)

ご褒美に首輪をください

成瀬かの

キャラ文庫

この作品はフィクションです。
実在の人物・団体・事件などにはいっさい関係ありません。

目次

口絵・本文イラスト／みずかねりょう

Ｎｅｕｔｒａｌ《ニュートラル》と呼ばれる普通の人々と少数のＤｏｍ《ドム》、そしてＳｕｂ《サブ》という第二の性《ダイナミクス》を持つ者から成る世界にて。

膚触《はだざわ》りのいい毛布の下で思いきり伸びをする。

朝だ。

薄暗い部屋の中、そろそろ返した方がいい畳の上や読みかけの本の表紙、脱ぎ捨てられたジャージの白いラインをカーテンの隙間から差し込む陽光が眩《まばゆ》いほど輝かせている。布団を押しのけ起き上がった三津《みつ》がカーテンを開けると、思った通り抜けるような青空が広がっていた。

「あっは、最高の洗濯日和」

今日はオフ。

行かなければいけない場所もなければ、しなければならないこともない。誰に気を遣うこともなく、好きなことだけしていていい日だ。

枕元に置いてあったタブレットを手に取り、軽く指先を走らせる。ぱっと明るくなった画面をタップすると、動画の再生が始まり、カメラを興味津々覗《のぞ》き込んでいる黒い子猫が大写しになった。子猫はピントが合わないほど顔を近づけてにおいを嗅いだり、前足でパンチしてぱっと身構えてみたりしていたが、落ち着いた男の声で『黒蜜』と呼ばれると背後を振り返ってたったと走り出す。

カメラが子猫を追い、グランドピアノを映し出した。

ピアノの前には男が一人座っている。だるだるのニットキャップを被《かぶ》っているせいで髪型は不明、こちらに背を向けているので顔もわからないが、身を屈めてにいと甘える黒猫を撫《な》でた時、眼鏡を掛けているのが見えた。オーバーサイズのニットで尻まで隠れてしまっているが、とても背が高く、スタイルがいい。

彼の名は『猫っ毛。』。動画投稿サイトから新星のように現れ、昨年『ぬくもり』という歌がヒットしたアーティストだ。顔も年齢も非公開、プロフィール欄に書かれているのは飼っている猫の情報のみという謎に包まれた存在であり、三津の一番の推しである。

『猫っ毛。』は背筋を伸ばすとピアノを弾き始めた。はしゃぐ子猫のように指が鍵盤の上で跳ね、コミカルな前奏を奏でる。次いで色気のあるハスキーボイスが、『猫っ毛。』がどうやって子猫と出会い同居するに至ったかを歌い始めた。

折角ご主人さまが自分のことを熱く歌ってくれているのに、黒猫は構ってもらえないのが不満らしい。足下でにいにい鳴いた挙句、『猫っ毛。』さんの躯《からだ》をよじ登り始める。

歌の合間に挟まる『猫っ毛。』のイテッという悲鳴に頬が緩む。爪を立てられても怒りもせず子猫を抱き上げる『猫っ毛。』さんの愛情深さに気持ちがアガる。これこそ休日を始めるにふさわしいBGMだ。

三津が暮らしているのは、元々はじいちゃんが住んでいた木造の一軒家だった。古く、一階に台所と六畳の茶の間、二階に廊下と物置として使っている和室があるだけと狭い。両親と弟は都心近くのマンションで生活しており、大人になった現在では会うことも稀《まれ》だ。

『猫っ毛。』と一緒に歌いながら三津はシーツと枕カバーを引っぺがすと、窓の外に布団を干した。洗濯すべきものを一纏《ひとまと》めに洗面所の洗濯機に放り込み、スイッチを入れる。時刻はもう昼近く、お腹の皮と背中の皮がくっつきそうだ。買い出しがてら外でブランチにしようとシャワーを浴びて洗面所に立ち、あまり大きくない鏡を覗いたらそこには細っこい青年がいた。

身長はそこそこあるが手首が細く、首や肩のラインも華奢《きゃしゃ》で少年めいている。男にしては長めの黒髪にはラフなパーマがあててあり、自由奔放に跳ねた毛先が鳥の巣のようだ。いつも浮かべているはにかんだような笑みが我ながらあざといけれど。

三津の真顔って怒ってるみたいで怖いよね。

鏡を見つめる三津の脳裏を、高校生の頃に同級生に言われた言葉がふっと過《よぎ》る。

「別に怒ってなんかいないんだけどなー」

笑顔を心掛けている上、威圧的とはとても言えない体格のせいで、三津は大人しく従順そうだと思われることが多い。本当は全然そんなことはないのだけど。

ぐーという腹の音に我に返った三津はタオルで髪を拭いTシャツを着た。色の褪《あ》せてきたデニムを選んで真っ赤なフーディーを頭から被ると洗濯機が止まったので、洗濯物を干してちっぽけなボディバッグにスマホと財布、それから携帯用のエコバッグを突っ込んで家を出る。目指すは最近近所にできたおしゃれカフェだ。ついでに買い物も済ませようと庭から自転車を引っ張り出す。これなら目当てのカフェまで五分もかからない。

近所に大学があるからか、住宅街のただ中にあるというのにカフェの席はほぼ埋まっていた。テラス席を確保してメニューを眺める。十一月だが、陽射《ひざ》しがあたたかいので問題ない。むしろ天気がいいので清々《すがすが》しい。

スマホを使って注文をオーダーしたところで、隣のテーブルから音楽が聞こえてくることに気がついた。外だからいいと思ったのだろうか。女子大生らしい女の子たちが一人のスマホを覗き込んでいる。

「私の最近の一押しはこの曲！　よくないー？」

『猫っ毛。』さんの曲だ。

「あっ、これ、私も好き」

「『猫っ毛。』って声がえっちだよね」

「何、えっちな声って！　つか顔は見えないのにこの人、イケメンオーラ凄《すご》くない？」

「凄い。隠しているけど、絶対イケメン。こっちの、顔の下半分が映ってる動画見てみ――」

口元が緩む。ああ、俺も『猫っ毛。』さんが好きなんですと話し掛けたい。だが、女子大生にいきなり話し掛けたところでナンパ目的だと思われるのがオチだ。

くそ。すぐ傍《そば》に同好の士がいるのに。

ぐっと堪《こら》えて運ばれてきたスパニッシュオムレツにキャロットラペ、ベビーリーフのサラダに五穀米といったワンプレートランチを食べる。お薦めのアーティストを教え合っている女子大生たちから目を逸《そ》らし、午後は何をしようかのんびり考えていると、スマホが震えだした。ポケットから取り出したスマホの画面に『都築《つづき》室長』と表示されているのを見た三津は天を仰いだものの、テンション高く応答する。

「おはようございます、室長。三津です。今日は絵に描いたような秋晴れですね。今、駅に行く途中にできたカフェのテラス席で遅い朝食を取っているところなんです。ここのモーニング、実にインスタ映えしそうな上に味もおいしいですよ」

『それはいい情報をありがとう。食事の邪魔をしてすまないが、ドロップしそうな子《Sub》がいる。山田《やまだ》に対応させているが、手に余りそうだ。来て貰えるとありがたい』

やっぱり。三津はまだ半分しか食べていないプレートを見下ろした。

「室長のお望みとあらばすぐさま馳せ参じます。それでは――そうですね、十五分に」

都築は三津の上司だ。女性だが男っぽい喋《しゃべ》り方をし、性格も男前。仕事に対する態度も真摯で尊敬できる。オフだとわかっていて連絡を寄越したということは、本当によくない状況なのだろう。

三津は通話を切ると席を立った。会計を済ませ、カフェの駐車スペースに駐《と》めておいた自転車に跨《また》がる。

三津の勤め先は第四と呼ばれている。正式名称はダイナミクス総合保健センター第四支部。

名称でわかる通り、利用者はＤｏｍとＳｕｂのみ、専門の医療機関も入っているが三津が勤めているのは結婚相談所のような部署だ。

Ｄｏｍはｓｕｂを支配したいと欲し、ＳｕｂはＤｏｍに支配されずにはいられない生き物である。Ｎｅｕｔｒａｌはパートナーがいなくてもつつがなく生きていけるが、彼らは定期的に欲求を解消しないと不調を来した。普通は頭痛や倦怠感《けんたいかん》といった程度だけれど、放置すると精神的に不安定になり、まともな社会生活を送れなくなることさえある。各製薬会社が抑制剤を出しているが効果には個人差が大きく副作用も強いし薬価も決して安くない。それならと、政府はパートナーとの出会いの場を用意した。

今では高校生になると最初の健康診断でダイナミクスの判定が行われ、全員に郵送で結果が通知される。該当者は速やかに施設に行き、専門医のケアを受けつつパートナーを探す。マッチングアプリに求める条件を入力すればヒットした相手を紹介してくれるというのはＮｅｕｔｒａｌの結婚相談所と同じだが、施設ではなんと『お試しプレイ』をすることができた。

やりすぎだという声もあったが、ＤｏｍとＳｕｂの間にあるのは支配欲である上、その内容には個人差が大きい。苦痛とセックスでＳｕｂを屈服させないことには満足できないＤｏｍもいれば、幾つかコマンド《命令》を出してもらうだけで十分、暴力なんてもっての外というＳｕｂもいるのだ。もし厭《いや》だと思っても、支配されるようできているＳｕｂはＤｏｍの発するコマンド《命令》に逆らえない。もし望まぬプレイを強いられた場合、そのＳｕｂは——。

自転車を飛ばして勤め先に到着し、通用口から中に入るとすぐ、揉《も》めている声が聞こえた。

「ああ⁉　マッチングシートだあ⁉　そんなん知るかっつーの！　ちっと泣いたくらいでプレイの邪魔すんじゃねえ！　あいつはＳｕｂだぞ？　口ではどう言おうが、俺にああされんのを望んでんだ！」

素晴らしく自分勝手な言い様に唇の両端を上げつつ廊下を抜けると、若い男が職員に取り囲まれ怒鳴り散らしていた。一歩引いたところに都築もいる。

「休みだというのに呼び出して悪いな」

いつものように長い髪を後ろで一つに束ねスレンダーな軀を黒いパンツスーツで固めた都築に差し出されたタブレットを受け取りつつ三津は人懐っこい笑みを浮かべた。

「お気になさらず。休みっていったってどうせつまらない家事を片づけてるだけですし、ぐーたらしている間に被害者さんが取り返しのつかない傷《トラウマ》を負ったりしたらその方が厭ですし」

スーツの職員の間に交じる赤いパーカーは目立つ。

「何だてめえは！」

凄む男に軽く会釈すると、三津は画面に表示されているマッチングシートに目を通した。

「相手のコはＪＫでプレイ自体初めて、希望する内容はコマンドのみの軽いプレイ、性的な行為はもちろんなし、ですか」

「それで構わないというので紹介したのだが、性行為を強要しようとした」

「警察への通報は？　もうしました？」

三津の声が聞こえたのだろう。若い男が激昂《げっこう》する。

「ＳｕｂとＤｏｍがプレイでヤんのは当たり前だろうがっ。警察なんか――」

三津は若い男の前へと進み出た。

「当たり前？　そんなことがあるわけないでしょう。高校で習いませんでしたか？　Ｓｕｂがプレイに求めることは千差万別、セックスがないと満足できない者もいるけれど、恋人とプレイの相手は別って者もいるし、そもそもいくつかコマンドをもらうだけで十分っていう者もいるって。同意なしの性行為はＤｏｍ／Ｓｕｂ間でも犯罪ですし、コマンドやグレアを使った場合は罪が更に重くなります。ここは公的機関である上、わざわざマッチングシートでＮＧ行為について確認しているんです。そういう言い逃れは――」

「おまえ、Ｓｕｂだろ」

いきなり断じられ、三津は僅かに首を傾けた。

「今、俺のダイナミクスは関係ありませんよね？」

「Ｓｕｂのくせに逆らうんじゃねえ！　そうだ、おまえ、こいつらをどかせ。警察も追っ払えっ」

おまけに、急に部屋の空気が変わった。男がグレアを放ったのだ。

グレアとはＤｏｍが放つオーラのようなものだ。Ｓｕｂとプレイする時や他のＤｏｍを威嚇《いかく》する時に発せられる。Ｎｅｕｔｒａｌにはほとんど感じ取れないらしいけれど、格下のＤｏｍを威圧するには効果覿面《てきめん》、特に自分のＳｕｂを守ろうとする時――ディフェンス《defense》時――のグレアは苛烈だ。

　問題はＳｕｂがグレアに対して非常に敏感であることだった。三津への嫌がらせだったのだろうけれど、もしここに無関係なＳｕｂがいたら余波でダメージを受け、ドロップと言われるパニック発作のような状態に陥っていたに違いない。幸い、施設の職員はこういう事態に備えてほとんどがＮｅｕｔｒａｌだし、Ｄｏｍが騒ぎを起こした時点でＳｕｂは遠ざけられるから被害はなかったけれども。

　――これだからＤｏｍは嫌いなんだ。

　三津は溜息《ためいき》をついた。

「今、ＤｏｍがコマンドやグレアをＳｕｂに望まぬことを強いるのは犯罪だって言いましたよね？　それなのに、どうしてそういうことをするんですか」

「うるせえ！　てめーらＳｕｂは黙って俺ら《Dom》に従えばいいんだ！」

　Ｓｕｂに対し高圧的な態度を取るＤｏｍは多い。三津はタブレットを都築に返した。

「話にならないな」

　笑みを消すと前髪の隙間から覗く眼光がにわかに鋭さを増し、男がたじろぐ。

「あ……？」

プレイという形で支配欲または被支配欲を発散させなければならないせいで、ほんの二十年ほど前までDomはサディスト、Subはマゾヒストと同一視されていた。だが、ダイナミクスは嗜好《しこう》ではなく生まれ持っての器質である。本人の性向とは関係ない。だが、この迷惑な思い込みはいまだ払拭される気配さえなく、当の本人たちもDomは『見るからに偉そうでサドっぽいに決まっている』し、Subは『内気でマゾっぽい』ものだと思っている。おかげでとても他人に暴力を振るったりしなさそうな体格である上に高校生の頃に言われたことを気にして怖がられないようやわらかな表情を心掛けている三津はSubだと思われることが多い。

——だが、残念。俺はDomだ。

手加減なしにグレアを放つと、男が膝を突いた。

「ぐ……う……?」

何かから身を守ろうとするかのように両腕で頭を庇《かば》い、蹲《うずくま》る。さっきまでの威勢の良さはどこへやら、青褪め脂汗を流す男を冷ややかに一瞥《いちべつ》すると、三津は都築に微笑《ほほえ》みかけた。

「じゃあ俺は、Subの子のケアに行ってきます」

Neutralでグレアを感知できない上に三津の豹変《ひょうへん》ぶりに慣れている都築も何事もなかったように頷《うなず》く。

「頼む」

プレイのために用意された部屋が並ぶ区画にある目的の部屋の前では同僚がうろうろしてい

た。三津が来たのに気がつくとほっとしたのか、表情を明るくする。

「三津先輩っ！　来てくれたんですね」

「おまえのために来たわけじゃない。つか山田。何でこんなところにいるんだよ。ケアはどうした」

「だって、俺って見るからにＤｏｍじゃないですか。部屋に入ろうとするだけでびくってされちゃって、可哀想《かわいそう》で入れなくって」

山田は三津と同じＤｏｍだ。ただし三津とは逆に長身に短髪、スポーツマン風イケメンという、いかにもＤｏｍらしい外見をしている。

「びくっとされても何とかするのがおまえの仕事だろうが」

施設には三津や山田のようなＤｏｍやＳｕｂが少数ではあるが雇われている。Ｎｅｕｔｒａｌにはできない仕事をするためだ。

不適切なプレイによってドロップに落ちたＳｕｂのケアもその一つだった。普通は鎮静剤などで対処するが、Ｓｕｂには薬剤よりＤｏｍのケアの方が効くし副作用もない。

三津は山田を廊下に残して部屋に入ると、静かに扉を閉めた。被害者の少女は部屋の隅で蹲っている。

「こんにちは。俺は三津、ここの職員です。君を助けに来ました。そっちに行ってもいいですか？」

暗く澱《よど》んだ目が三津を映した。

「……あなたも、Ｓｕｂなの？」

「違いますが、君に酷《ひど》いことはしないって約束します。だから二つ三つ、俺の『お願い《コマンド》』を聞いてくれませんか？」

「――おねがい？」

見るからに貧弱な上、気弱そうにも見える笑みを浮かべた三津はとてもＤｏｍに見えない。だからだろう。山田が言っていたような怯《おび》えた仕草を少女は見せなかった。会話もちゃんとなりたっている。これならいけそうだ。

「そう。とても簡単なお願いですよ。まずは――《おいで《Come》》」

どんな言葉もグレアを乗せればコマンドになる。三津は言葉に合わせてごく淡いグレアを放った。少女は大きく軀を震わせたが、立ち上がった。さっきの男の仕業だろう。シャツの胸元がはだけている。

三津は両手を広げ、ふらつきながら少女が近づいてくるのを待った。少女があと一歩というところまで来るとほっそりとした軀を抱き締める。

「ありがとう。酷い目に遭ったばかりだっていうのに、よく言う通りに出来ました。君はとても《いい子《Good girl!》》です」

「……っ！」

これがケアだ。下した命令をこなせたら褒める。それがプレイにおける基本的な流れだった。Ｓｕｂは痛めつけられるのを喜ぶマゾヒストではない。たとえ苦痛でもって支配されることを望んだとしても、それだけでは満たされないのだ。

──ま、俺はＳｕｂじゃないから、本当のところはよくわかんないんだけどな。

大袈裟《おおげさ》なほどに褒めながら優しく背中を叩き頭を撫でると、少女は顔をくしゃくしゃにした。

「う……っ、え……っ」

「さっき君に酷いことをしようとしたＤｏｍはちゃんと罰せられるし、二度と君に関わることはないから安心してください。君は確かに可愛《かわい》くて魅力的だけど、だからといって許しもなく触れていいわけじゃない」

「か……可愛い……？」

「ええ。いいですか？　あのＤｏｍは最低です。でも、いい人間もいれば悪い人間もいるのと同様に、Ｄｏｍにも悪い奴といい奴がいるんです。初めてだっていうのに悪いＤｏｍに当たってしまったのは不運でしたが、二度とあんなのと引き合わせたりしないと誓います。だから俺たちに挽回《ばんかい》のチャンスをくれませんか？」

三津は立て板に水と喋り、少女に考える暇を与えまいとした。あんな下らない男のために君のように可愛い子が傷つく必要はない、俺も手伝うから今度こそいい男を捕まえてぶいぶい言わせようなんて軽薄に捲し立てて少女を丸め込み、更に幾つかのコマンドを試すことを了承させる。大変な目に遭ったばかりだしそっとしておいてあげたいのはやまやまだけれど、今厭な記憶を塗り替えておかないと、Ｄｏｍに対する恐怖感を抱いたまま、まともなプレイができなくなってしまいかねない。

「始めていいですか？　じゃあ、《跪いて》《Kneel》」

本当のプレイがどういうものか教え、きっちり欲求不満を解消してやる。終わる頃には少女の青褪めていた頬は紅潮し、目もとろんとしてきていた。もう大丈夫だと思ったところで都築を呼び、このたびの不祥事についての謝罪も済ませる。

これでお役御免だと事務室に引っ込もうとしたら、少女に呼び止められた。

「あの」

「ん？　何ですか？」

いいことをした後の充足感を噛《か》み締めながら振り返ると、少女はいまだ夢見るような目で三津を見つめていた。もういいと言ったのに、まだお礼を言う気だろうかと思ったのだけど、違った。

「あの、三津さん。私、三津さんにパートナーになって欲しいです……！」

薄く笑みを浮かべたまま、三津は固まる。

――またか。

プレイの相手と恋人は別という者もいるが、男女の場合ほとんどがパートナー＝恋人となる。

もしそうでなくてもこれだけ若くて可愛らしく他のＤｏｍの手垢《てあか》がまったくついていないまっさらな女の子に求められたら普通は喜ぶし、利用者との交際は禁じられていない。

居合わせた職員たちが息を詰め見守る中、三津は一度強く目を瞑《つむ》ると、勢いよく頭を下げた。ゴメンナサイという言葉を添えて。

＋　＋　＋

報告書をきっちり仕上げて施設を出た時には行こうと思っていた業務用スーパーまで自転車を飛ばす気力は潰《つい》えていた。予定していた買い物は近々貰えるはずの代休に乞うご期待、だ。もっとも、いつまた呼び出されるかわからないけれど。

ゆっくりとペダルを踏んで家に帰り着くと、三津は門の中に自転車を入れた。鍵を開けて派手な赤いエコバッグを上がりかまちに置くと腰を下ろし、後ろに手を突く。

「つっかれた――――……」

誰もいない家は暗く、寒々しかった。空腹だし、こんなところでぼーっとしている場合じゃないけれど、一人だと思うと食事の支度をするのも面倒に思える。

——侘《わび》しいな。

パートナーがいない人たちのために尽力しているのに、当の三津にはパートナーがいない。俺も誰かいい人が欲しいと思ったら、頭の中で昼間の少女が私のパートナーになってくれればよかったのにと喚《わめ》き立て始めた。

だが、無理だ。

なぜなら。

くしゃみを一つすると、三津は立ち上がった。もう十一月。日中はあたたかいが陽射しがなくなると冬の気配がまざまざと感じられる時節である。

僅かに街灯の灯《あか》りが射し込む茶の間に入り電気をつける。冷たく感じられる洗濯物と布団を取り込み、茶の間と硝子《ガラス》障子で仕切られているだけの台所に戻って冷凍の鍋焼きうどんを火にかけた。タイマーをセットすればあとは出来上がるのを待つだけなので、三津は炬燵《こたつ》に置いてあったタブレットを手に取る。ちょうど新着動画があったので再生すると、アイランドキッチンに立つ『猫っ毛。』が映った。今日は和風の狐面《きつねめん》で顔の上半分を隠している。頭には帽子ではなく手拭いが巻かれており、有名な浮世絵がプリントされたエプロンの紐《ひも》が腹の上で蝶々《ちょうちょう》結びにされていた。

——あー、今日は海老《えび》のパスタが食べたくなったので、作ってみたいと思います。

『猫っ毛。』は歌だけでなくゲーム実況や食レポなどの動画もマメにあげる。今日は料理動画に初挑戦したらしい。

——ちなみに『猫っ毛。』は料理なんかしたことがありません。

注釈を加えたのは『癖っ毛。』だ。Ｍｉｘ師らしいが、『猫っ毛。』の動画にちょくちょく登場する。こちらも一切顔を出さないばかりか、ボイスチェンジャーまで使って誰だかわからないようにしていた。今日は画面に姿がないから声だけの参加のようだ。

——このキッチン？　ここは『猫っ毛。』が一人暮らししている家のキッチンだけど……あ、確かに料理しないにしては料理道具が揃《そろ》っているかも。『猫っ毛。』、これ、今日のために揃えたのか？

——いや。家具とかもそうだけど、引っ越してくる時にどうするって聞かれたから適当にやっといてって言ったらこうなってた。

コメント欄にうわ、セレブだ、といった文字が並ぶ。本人が明言したことはないが、動画を見ていれば『猫っ毛。』の生活レベルが普通でないことはすぐわかる。曲がヒットする前からだから、元から裕福だったのだろう。

——さて。まずは海老な。

『猫っ毛。』が調理台の下から取り出したトレイには大きな伊勢海老が載っていた。

ちょっ、動いてない？

料理、初めてなんだよね？　それなのに生きた伊勢海老？

次々に表示されるコメントに『癖っ毛。』がくすくす笑う。

――確かに。何でいきなり伊勢海老をチョイスしたんだ?

――そんなの、うまそうだと思ったからに決まってんだろ。

吹き出す『癖っ毛。』に何で笑うんだよと言う『猫っ毛。』の口元も笑っている。三津も学生時代にはこんな風に気の置けない友人とじゃれ合っていた。卒業してからは何かと忙しく、彼らとはほとんど会わなくなってしまったけれど、『猫っ毛。』と『癖っ毛。』のやりとりを見ていると自分も一緒に交じって騒いでいるような気分が味わえる。

久々に悪友たちに連絡してみるかと思っているとタイマーが鳴ったので、ぐつぐつと煮立っている鍋焼きうどんを盆に載せ炬燵に移動する。その間に『猫っ毛。』は死にたくないと足掻《あが》く伊勢海老を捌《さば》かんと奮闘を始めていた。

袖をまくり上げる仕草や、手の甲に浮いた腱《けん》に自然と目が吸い寄せられる。上から二つもシャツのボタンを外しているせいで時々覗く鎖骨が眩《まぶ》しい。

――いいなあ。

落ち着いた声。高い身長。どこもかしこも男らしい肉体。

しどけない姿の女子高生の倍もときめく。

そう。三津は異性ではなく同性に惹《ひ》かれる類いの人間なのだった。特に長身の男にはぐっとくる。

それならそういった相手を探せばいい。今ならネットを使えば簡単に相手を探せる。三津もそう思い行動してみたことがあった。その結果、高身長で性格も悪くない、結構なイケメンをゲットできたものの。

——駄目だったんだよなあ。

初めてだという三津を相手は優しくリードしてくれようとしたのだけど、気を遣ってくれれば遣ってくれるほど気持ちが萎《な》えてしまい、のしかかられた瞬間など鳥肌立った。

初めての行為に怖じ気づいただけだと最初は思おうとした。他の人たちは難なく乗り越えていることなのだ、我慢していればきっと何とかなるとも。でも、もし向こうが無理矢理ことに及ぼうとしたら殴り倒したであろうレベルで無理で。そのうち先方もやる気を失ってしまった。それきりその男には連絡していないし、向こうも連絡してこない。

多分自分は、他人との肉体的接触が生理的に無理な種類の人間だったのだろう。

たった一回で決めつけるべきじゃない。他の人で確かめた方がいいと頭では思うのだが、またあの苦痛を味わうことになるのかもしれないと思うと億劫《おっくう》だったし、もし駄目なら相手にまで厭な思いをさせることになる。

「ヤりたいと思うような男との出会いもないしなー。『猫っ毛。』さんは好みだけど、多分Ｄｏｍなんだよな……」

ダイナミクスは本来の性向とは関係ないが、Ｄｏｍは『見るからに偉そうでサドっぽい』、

Ｓｕｂは『内気でマゾっぽい』者が多い。そういうものだと刷り込まれてきたからだ。無意識に己を捻《ね》じ曲げてしまうのだ。

三津のような例外も稀にいるが、『猫っ毛。』は見た感じ、ＤｏｍまたはＮｅｕｔｒａｌだ。そして三津はＤｏｍが嫌いだった。

――でも、こうやって画面越しに見ている分にはダイナミクスなんて関係ない。

タブレットの中では伊勢海老との格闘に勝利し一仕事終えた――料理はまだ序盤だが――『猫っ毛。』が疲れたあと調理台の前に出てきて、ソファに乱暴に腰を下ろした。

――あ、これうっま。

画面外から和菓子を一つ取って口に放り込み、口元を綻《ほころ》ばせる。

――だろ？　雷電堂《らいでんどう》のどら焼き、僕の最近のお気に入りなんだよ。小さいけど求肥《ぎゅうひ》が入っていて結構満足感があるよね。

『癖っ毛。』がカメラを動かしたのだろう。画面が動いて、食べかけの菓子のパッケージを映した。実況系の配信の時、『猫っ毛。』たちは何かしら食べていることが多い。美味《うま》そうだと思った三津はスマホで店の名前を検索しつつ、一人淋《さび》しくうどんを啜《すす》る。

＋　＋　＋

六日後、代休を取った三津はトートバッグに文庫本を入れて家を出た。今日の絶対命題は買い出しだが、街に出るついでに以前『猫っ毛。』が動画で食べていた甘味を食べに行ってみようと思い立ったのだ。そこは平日なら行列することなく買えるらしい。

六日前のオフを彷彿《ほうふつ》とする素晴らしい晴天だった。

目的のカフェは、梅の名所として有名な大きな公園に面していた。平日の昼間だというのに、切れ目なく人が訪れている。一階のスタンドで買ったキッシュやサンドイッチといった軽食にスイーツ、紅茶やコーヒーを、二階のイートインスペースかテラス席で食べられるようだ。

豪邸が並ぶ土地柄のせいか、ハイクラスな価格に内心怯《ひる》んだが、毎日食べるわけではない。たまの贅沢《ぜいたく》は心の栄養である。値札は見ないようにして冷蔵ケースに並ぶ商品を吟味していると、隣に人が立った。

何気なく横を見た三津は驚く。

随分と背が高い。多分自動販売機くらいある。

テーラードジャケットの胸のあたりにあった視線を上にスライドさせてようやく見えた男の顔は凄い美形だった。

すっと通った鼻筋。外国人の血が入っているのか色素の薄い瞳が虎目石のようだ。ミディア

ムロングの髪は頭の後ろで一つに結われ、落ちたサイドの髪が頬の上でごく緩いウェーヴを描いている。モデルのように足が長く頭は小さい。

好みだ。

配信で掛けていたフルリムの眼鏡こそないが、男はどことなく『猫っ毛。』に似ていた。身長も多分同じくらいだ。本人かもしれない。では一緒にいる男は『癖っ毛。』だろうか。

声を掛けてみようか迷う。

本人ならファンだ、応援していると言いたいが、『猫っ毛。』が顔出ししていないのはプライバシーを守りたいからだろう。

後ろ髪を引かれつつもショーウィンドウに向き直ろうとした時だった。『癖っ毛。』かもしれない男に声を掛けられた。

「君、何か用？」

こちらも『猫っ毛。』似の男ほどではないが長身で、ウェリントンタイプの黒眼鏡を掛けている。斜めに流している前髪が重めだ。

「あー……」

再び誘惑に駆られたけれど、三津は己に打ち勝った。

「用はありません。ただ、彼があんまり綺麗《きれい》だったから目が吸い寄せられてしまって。でも知らない奴にじろじろ見られたら気持ち悪いですよね。これからは気をつけます。……あ、失礼」

　ちょうどポケットの中のスマホが鳴り始めたので、三津は端に寄った。取り出したスマホの画面に表示された大学時代の友人の名に頬が緩む。『猫っ毛。』の動画を見てから連絡をしようと思っていたのだ。

『久し振り。今、いいか？』

「大丈夫だ。連絡くれるなんて珍しいな」

『同窓会のお知らせ送ったのに戻ってきたから』

「同窓会！　いいね、是非行きたいが……日程はいつだ？」

　日にちを聞いた三津は改めて案内を送る手間を省いてやった。

「残念。うちの職場、週末は絶対出勤なんだ。残業になることも多いから、まず行けないと思う」

　施設の利用者は週末に集中しているし、利用者の増加に比例するようにトラブルも増える。とても休んでなどいられない。

『何だよ、久し振りに会えるかと思ったのに。来られないのは仕方ないが、転居先の住所は送っとけよな。そういえばこの間、おまえの職場がテレビで特集されていたのを見たぞ』

　この友人は、三津がＤｏｍだということも、どんな仕事をしているかということも知っている。

「ああ、あれを見たのか。どうでもいいけどテレビに出ていたのは第一で、俺がいるのは第四だから」

『道理で出てこないと思った。で？　おまえもニート！　とか言ってんの？』

会計が終わったらしい。盆にコーヒーとスイーツを載せた『猫っ毛。』似の男とウェリントンがこちらにやってくる。三津は端に寄って道を空けた。

「何で引きこもりを罵るんだよ。ニートじゃなくて《ニール《Kneel》》だ」

がしゃんと、けたたましい音が上がった。

振り返ると、通り過ぎたばかりの『猫っ毛。』似の男が石畳に手を突いていた。持っていた盆は投げ出され、手をつけてもいないスイーツやコーヒーがぶちまけられている。

「圭人《けいと》！」

「大丈夫ですか、お客さま」

ウェリントンや店員が心配そうな声を上げるが、『猫っ毛。』似の男は動かない。転んだのがすぐ傍だっただけに、心配になる。何も感じなかったけれど、自分が接触したのだろうか。

スマホを耳に押し当てたまま固まっている三津に、ウェリントンが話しかけてきた。

「あの。あなた今、ニールって言いました？」

「え？　――あっ」

そういえば自分は今、コマンドを口にしやしなかっただろうか？　ということは、この男は

Ｓｕｂか⁉

自分が見たことがないだけかもしれないが、こんなに長身の男性でＳｕｂというのは珍しい。

『アオ？　大丈夫か？　何か今、そっちから凄い音聞こえたんだけど』

「大丈夫じゃない。悪いが切るぞ。また今度な」

『おい、アオ――』

強引に会話を切り上げてスマホをポケットに突っ込むと、三津は周囲に視線を走らせた。

テラス席にいた客はもちろん、声が聞こえたのであろう範囲にたまたまいた人や店員も三津たちの様子を注視している。

「大丈夫ですか？　怪我《けが》をしていないか見てみましょう。《立って《Standup》》」

三津はコマンドだとわからないようにわざと普通の会話にグレアを乗せて先刻の命令を解除した。呆然《ぼうぜん》と石畳の表面を見つめていた『猫っ毛』似の男がのろのろと三津を見上げ唇を引き結ぶ。地面から膝を引き剝がすようにして立ち上がると、男は憤怒の表情で三津に摑《つか》みかかった。

「てめっ、今、オレに何しやがった……っ！」

――あ、違う。

三津の中で、ぱちんと何かが切り替わった。

この人は『猫っ毛』じゃない。なぜなら『猫っ毛』はこんな風に他人の胸ぐらを乱暴に締め上げたりしない。人を殺しそうな目をしたりもしない。この人は、似ているだけの別人だ。

「あー、何って言われても……」

人目がある場所でDomだのSubだのといった言葉を口にするのはまずい。どう説明したものかと逡巡《しゅんじゅん》していると、ウェリントンが『猫っ毛。』似の男の肩を摑んで引き剝がした。

「止めるんだ、圭人」

「にすんだよッ」

「いいから！　すみません、おにーさん。ツレがおにーさんの足に躓《つまず》いてしまったみたいで」

ウェリントンの言葉を聞いた人たちの間になーんだという空気が流れる。元の営みに戻っていく彼らとは逆に、『猫っ毛。』似の男は憤激を募らせたようだ。

「てめえ……っ」

殴りかかろうとした男の額に、ウェリントンがデコピンする。

「痛っ」

「おっと、よく見ると、上着にコーヒーの染みが！　すいません、落としますのでこっちに来てもらってもいいですか？　ほら、圭人も来て」

そう言うなりウェリントンは三津と『猫っ毛。』似の男の腕を摑みすぐ傍にある公園の駐車場へと引っ張っていった。一番端に停《と》められた黒のSUVの前で手を放す。

「おまっ、ふざけんなよ！」

すぐウェリントンに噛みつこうとした『猫っ毛。』似の男に三津は勢いよく頭を下げた。

「申し訳ない」

「あ?」

「こんなところでコマンドを口にするなんて不用意でした。あんなところで跪《ひざまず》かせてすみません」

ウェリントンが割って入る。

「いえ、こっちこそすみませんでした、無茶な口実でこんなところまで連れてきてしまって。実はあなたにお願いがあるんです。あ、コーヒーがかかったっていうのはあなたを誘う口実で本当じゃないですから安心してください。とりあえず今、時間ありますか?」

「おい、無視すんなよ!」

「ありますが、その前にちょっといいですか?」

三津は『猫っ毛。』似の男に向き直った。

高い位置から睨《にら》みつける男に向かって手を伸ばす。

「《いい子《Goodboy》ですね》。いきなりだったのに、よくコマンドに反応できました。君はとても優秀なSubです」

始めたコトは必ず完結させねばならない。

本当は抱き締めるのが一番いいのだが、男にそんなことをされても厭なだけだろう。代わりによしよしと頭を撫でると、『猫っ毛。』似の男は膚をさあっと紅潮させた。濡《ぬ》れたように光る瞳が揺れる。

「くそ……っ、何だよ、これ……！」

片手で口元を押さえ毒づく『猫っ毛。』似の男は戸惑っているようだった。

不可解な反応だ。プレイをしたらケアするのは当然なのに、この男のパートナーはそんなことも怠るようなクズなのだろうか。それともこの男はプレイ自体初めてだったのだろうか。もしそうなら。

腹の奥底で何かが蠢《うごめ》く。

――この男を――たい。

「へえ……」

車に寄りかかって胸の前で腕を組み、二人を眺めていたウェリントンが面白そうに目を煌《きら》めかせた。

「僕はＤｏｍでもＳｕｂでもないからダイナミクスってよくわからないんですけど、あなたはＤｏｍなんですよね？　でもって、主人がさっき跪いたのはあなたのコマンドのせい？」

「まあ、そうです」

三津が頷く横で主人と呼ばれた『猫っ毛。』似の男がそっぽを向く。ウェリントンが苦笑し圭人を顎で指した。

「じゃあこの出会いは運命なのかも。実はこいつ、Ｓｕｂなんだけど、今まで一度もＤｏｍのコマンドに反応したことがないんです」

すかさず主人が噛みついた。

「うるせーな、オレはＳｕｂなんかじゃねーんだ。コマンドに反応しないのは当たり前だ」

どういうことなのだろうと首を傾《かし》げた三津の耳に、ウェリントンの穏やかな声が響く。

「こいつ、普通に高校の血液検査でＳｕｂって判明したんですけど、ずっとこの調子で認めようとしなくて」

「……ああ、自分のダイナミクスを認められないのは珍しいことじゃありません」

「そうなんですね。医者には、主人は鈍いというか、よっぽど相性のいい相手じゃないとコマンドが通らない体質だって言われたんですけど、その『相性のいい相手』が見つからなくて。プレイができないせいで、こいつ、ずっと具合が悪いんです。——でも、あなたのコマンドは効いたみたいですね」

「効いてない。転んだだけだ」

頑《かたく》なに認めようとしない主人を無視し、ウェリントンは勢いよく頭を下げた。

「お願いです。主人のパートナーになってくれませんか！」

三津は感心した。三津はＤｏｍだけど、よくＳｕｂに間違えられるから知っている。大抵の人間は友人がＳｕｂだとわかると変態と見下して粗雑に扱うようになる。体調不良を心配し、他人に頭まで下げてくれるトモダチなんてそうそういない。どうやらウェリントンは本当にいい奴らしい。

だが、肝心の主人は、彼がどれだけ得がたい存在かわかっていなかった。

「何言ってんだよ、柊《しゅう》！」

「偏頭痛、リバースするほど酷いんだろう？　いい加減諦めて相手を見つけた方がいいって」

「そんなものいるわけないだろ。俺はＳｕｂなんかじゃないんだ。余計なことすんな！」

「主人っ」

三津は溜息をついた。

「話は理解しました。返事をする前に、ちょっといいですか？」

ウェリントンは頷いたが、主人は三津を睨みつけた。三津も顎を上げる。

「おまえさ。心配してくれている友達に対して、何その態度」

「あ？」

綺麗な顔が歪《ゆが》んだ。

「気づいてないようだから教えといてやるけど、もし俺が彼だったらおまえみたいなののトモダチ、とっくに辞めてる。一緒にいて不愉快だし、心配しているのにうるせえうるせえ怒鳴られたらやってられないからな。おまえはおまえに愛想を尽かさずにトモダチやってくれている彼に感謝すべきだ」

「……っ」

「──それからウェリントン！」

　ウェリントンは目をぱちくりさせ、己を指さした。

「それ、もしかして、僕のこと？」

　三津は頷く。

「君の友達を想う気持ちはよくわかりました。力になってあげたいところですが、残念ながら本人の同意がなければ俺には何もできません」

「ＳｕｂはＤｏｍのコマンドに逆らえないんじゃないですか？」

「その通りですけど、それ、抵抗できない女の子をレイプするのと同じで犯罪ですから」

　三津のたとえがツボに入ったらしい。ウェリントンが吹き出した。

「主人が抵抗できない女の子！」

「いや本当に笑いごとじゃないから」

「すみません。でも、圭人はこの顔でしょう？　学生の頃は女の子を食いまくっていたのに──って思ったら、おかしくって」

「黙れ！」

　圭人がウェリントンの横腹をど突く。

「あーでも、モテすぎて、ギラギラした目をした女の子たちに結構怖い目に遭わされたりもしてたっけ。そういう意味では圭人も『抵抗できない女の子』みたいなものだったのかも」

眼鏡を持ち上げて目元を拭うと、ウェリントンは改めて三津に頼んだ。

「わかりました。今日は諦めますけど、圭人と相性の合うＤｏｍと出会うなんて奇跡がまたあるとは思えないんで、こいつの気が変わった時のために連絡先を教えてくれませんか。ああ、言い忘れてましたが、僕は斉藤《さいとう》柊。こいつは天賀《あまが》圭人です」

「勝手に名前教えんな」

圭人が足下の小石を蹴る。三津も斉藤も意に介さない。

「俺は三津青《あお》。アオでいい」

「僕のことは柊って呼んでください。こいつのことは圭人で」

「だから何でおまえが勝手にそういうこと決めるんだよっ」

柊がスマホを取り出したので、三津もポケットに入れたきり忘れていたのを取り出し、メッセージアプリのアドレスを交換した。

「ところで平日に外歩いているってことは、アオさんって、学生……？」

「いや。大学はとっくに卒業している」

「道理でしっかりしていると思った。ちなみに何歳なんですか？　僕たちは二十九歳なんですけど」

「じゃあ、同い年だったのか」

それから三人は軽口を叩きつつ仲良くカフェに戻った。

三津は目当ての品を買い、二階のカフェスペースに上がる。彼らも先刻駄目にしたスイーツとコーヒーを買い直していたが、さすがに公開プレイをしかけた場所で飲み食いする気にはなれなかったのだろう。テイクアウトにして駐車場の方へと消えていった。

公園が見渡せる窓際の席に落ち着いた三津は文庫本を広げてみたものの、頭の中は主人の綺麗な顔でいっぱい、文章が頭に入ってこない。

「連絡、くれるかな」

――頭を撫でてやった時。あの人、うっとりしていた。茶色がかった瞳は砂糖を煮詰めて作ったカラメルみたいに、甘く、甘く。蕩《とろ》けていて。

思い出すだけで臍の下がざわめく。こんなことは初めてだ。

『猫っ毛。』がへビリピしているというプリンはカラメルのほろ苦さが強く、美味《おい》しかった。六日前、呼び出しが来た時には思わず呻《うめ》いてしまったけれど、代休を取ることになったおかげであの綺麗な顔を鑑賞する機会を得られたと思えば、電話を掛けてきた都築に感謝したいくらいだ。

三津は文庫本を閉じると、今日も出勤しているであろう都築たちへ差し入れるため、プリンを買いにいった。

＋　＋　＋

金曜日の午後、定時に上がるつもりで雑務を片づけていると、タブレットがぽこんと音を立てた。新しいお仕事だ。見れば五つも通知が表示されている。

夕刻、ちょうど社会人が仕事を終える頃から施設を訪れる人は急激に増える。とはいえ今日の三津は早番だ。なぜこんな時間にこんなにたくさん仕事が回ってくるのだろうと思いつつタブレットを開いてデータに目を通した三津は溜息をついた。

「都築室長、これ、パスしてもいいですよね」

「もちろんだ」

回されたシートの自由欄にはどれも、プレイの相手は三津さんがいいです♡　と記入されていた。だが、三津たちは職員である。約束していた相手にドタキャンされたとか、条件の合う相手が見つからないけれどケアが必要な人のために待機しているのであって指名できるシステムにはなっていない。

「最近の三津は、絶好調だな」

都築に皮肉られ、三津ははははと乾いた笑いを漏らす。

「ここがホストクラブなら、ご指名ありがとうございますって喜ぶところなんですけど」

最近、一度プレイをして味を占めたＳｕｂからのアプローチが激しい。イレギュラーな指名をされたところで手当が増えるわけではないし、全く嬉《うれ》しくない。

「Ｓｕｂの扱いがうまくないと仕事がうまくいかないし、うますぎるとモテ過ぎてしまうし、困ったことだな」

「先輩はー、女の子を褒めちぎるのをやめたらいいんじゃないですかー？」

山田に茶々を入れられ、三津はタブレットを置く。

「アレをするとしないとじゃ作業効率がまるで違うんだ、そういうわけにはいかない。そもそもプロの言うことなんか真に受けてはいけないことくらい、普通わからないか？」

「わかってたらホストクラブなんか成立しないと思いまーす」

「……あー……」

三津のモテっぷりが山田は羨ましくてならないようだ。

「そーいえば先日先輩が助けた女の子が、先輩に会うためにここに日参しているの、知ってました？」

「そりゃ、毎日出待ちされりゃ気づく」

都築が仕事の手を止める。そこまでしているとは知らなかったらしい。

「どうやってかわしているんだ？」

「車で来ている奴に外まで乗せてってもらってます。こう、シートに伏せて隠れて。クライムムービーの主人公になった気分を味わえてなかなか楽しいですけど、この間中を覗かれそうになったから、次からはトランクに入れて貰わないといけないかもしれません」

「それはまた難儀だな。他の施設に異動するか？」

「でも、ここ、俺の家から徒歩五分なんですよね」

面倒ごとからは解放されたいが、施設は大都市にしかない。ＤｏｍとＳｕｂの人口が少ないせいだ。異動したら引っ越すか長い通勤時間に耐えねばならないと思うと二の足を踏まざるを得ない。利用者に気に入られずに円滑に業務を遂行する方法はないだろうかと考えつつ必要な処理を行っていると、ポケットの中でスマホが震えた。

――こんにちは。この間はどうも。ウェリントン改め柊です。主人の代理でラブコールさせていただきました。アオさんさえ良ければ主人と会っていただきたいのですが、ご予定いかがですか。

山田が目を細めた。

「三津先輩、何にやにやしてんですかー」

「ああ、悪い。ちょっといいなって思っていたコからデートの誘いがきたから、つい」

山田の手からペンが落ちる。

「はあ⁉　一体誰ですかウチの利用者ですか。つか先輩、利用者に連絡先教えてんですか⁉」

「黙秘権を行使する」

三津はカレンダーを開きスケジュールを確認した。

土日に会えたらと思って金曜日に連絡してくれたのかもしれないが、週末は休めない。月曜日から水曜日までも遅番だ。三津は少し考えると、スマホに来週の木曜日と金曜日の夜ならいいと打ち込んだ。それから少し考え、三十分後には仕事が終わるので、その後でも構わないとつけ足す。急すぎて無理だろうとは思ったが、もしプレイが必要な状態なら一週間も待てないだろうと思ったのだ。

返事を送信し、残りの雑務を片づけていると、またスマホが震えた。

――職場、どこ？

さっきとまるで文面が違うのは、打ったのが柊ではなく主人だからだろう。

「山田。ここの住所、覚えてる？」

「住所ですか？　ええと――」

即座に教えられた情報をスマホに打ち込むと、山田が不思議そうな顔をした。

「？　そのスマホって、先輩の私物ですよね？　先輩のカノジョさんって、先輩がどこで働いているのか知らないんですか？」

「知るわけがない。カフェでたまたま知り合っただけの相手だし」

山田が勢いよく立ち上がる。

「駄目っすよ！　何考えてるんですか⁉　先輩はモテるんですから、出会ったばかりのＳｕｂに個人情報教えたりしたら危険です！　今だってストーカーが」

「よっと」

メッセージが送信されたことを示す通知音がちろりんと鳴った。

「先輩⁉」

いつも口やかましい三津の軽挙妄動に山田は唖然《あぜん》としている。

「一回プレイしただけの女子高生に現在進行形でつき纏われてるのに……Ｓｕｂの子に安易に個人情報教えるなって俺に叩き込んだのは先輩なのに……」

「大丈夫大丈夫。間違ってもストーカー化なんかするような相手じゃない」

圭人のことである。親友に説得されて嫌々腰を上げたに違いない。そんな男がストーカーになるわけがない。

三津は残りの業務をうきうきと片づけ、定時になると同時に立ち上がった。

「お疲れ様です。お先に失礼します」

すぐさま山田も立ち上がる。

「先輩、俺も下までお供します」

「……山田？」

「遅番なのにもう小腹が減っちゃったんで、コンビニに行くんです。ほら、室長もコーヒー買ってこいって！」

端のデスクで都築がひらひらと手を振っている。彼女も三津のデートの相手に興味津々らしい。仕方なく一緒にエレベーターに乗り込むと、三津はスマホをチェックした。てっきりお互いに出やすいターミナル駅か何かを待ち合わせ場所に指定してくるのだろうと思っていたのに、何のメッセージも届かない。

「それで、先輩を落とした相手ってどんな人なんすか？　これからどこ行くんすか？」

「ヒ・ミ・ツ」

三津は手早く、今日にするのかどこで待ち合わせるのかとメッセージを打つ。チンというベルの音と共にエレベーターが一階に着いたのでとりあえず駅に向かうことにしてスマホから目を上げると、硝子張りのロビーの向こうに見覚えのあるＳＵＶが停まっていた。

あれは。

三津は弾《はじ》かれたように歩き出す。

「先輩⁉」

いきなり置き去りにされた後輩が驚いて声を上げたが、構わず外へ出ると、窓の中でスマホを弄《いじ》っていた横顔がこっちを向いた。

主人だ。迎えに来てくれたのだ。

「……ん」

ぐいと顎をしゃくられ、三津は車を回り込んだ。

「先輩⁉　あっ、すっ、すみませんっ」

放っておけばいいのに追いかけて来た山田が圭人の冷たい一瞥を浴びておたつく。無様だが、気持ちはわかる。美形の不機嫌な顔は怖い。三津の真顔など目ではない恐ろしさだ。

助手席に乗り込むと、三津は圭人越しに山田へ手を振った。

「お疲れ様。また明日な」

圭人がアクセルを踏み込む。物言いたげな顔をした山田が遠ざかっていく。明日出勤したら質問攻めにされそうだが、明日の自分が何とかすることだろう。

「はは、圭人が睨むもんだから、あいつ、びびってたぞ」

完璧なラインを描いていた唇がへの字にひん曲げられる。

「別に睨んでなんかねーよ」

「そ？」

三津はシートベルトを着けた。その話はそれで終わったと思っていたのだが、車を走らせて十分ほど経《た》った頃、圭人がぽつりと言った。

「ただ、今日は朝から頭痛が酷くて」

「んん？」

三津は横から圭人を見つめた。そう言われると、機嫌が悪いのかと思っていた仏頂面が苦痛を堪える表情に見えてくる。

「頭痛って、偏頭痛か？　運転なんかして大丈夫か？　別に無理して迎えに来なくてよかったんだぞ？」

「頭が痛いのは、いつも、だから。んなこと言ってたら、何も、できねー」

三津は口を閉ざした。酷い頭痛が常態だなんて重症だ。態度の悪い奴だと思っていたが、痛みのせいで他人に気を遣うだけの余裕すらなかったのかもしれない。

それからまたしばらくの間主人は黙っていたが、赤信号で車が止まると言いにくそうに切り出した。

「その。この間は、ごめん」

三津は瞠目《どうもく》した。

「いや、こっちこそ言い過ぎた……」

ほろ苦いカラメル色の瞳が三津をちらりと盗み見る。

「体調とか。別にどうでもいいって今も思ってんだけど、柊が、煩《うるさ》くて。オレ、つい、怒鳴ってしまって。まあ、いつものことなんだけど、なぜか今回はあんたに、オレみたいな奴、速攻切るって言われたの、思い出して。確かにこんな奴の友達なんかやってらんねーよなって、思っちまって」

ぽつりぽつりと呟《つぶや》く主人の声は広々とした車内にひどく弱々しく響いた。

「あいつはいつものようにすぐ許して、何事もなかったかのように接してくれたけど、いい加減、何とかしようと思って」

とすっと。キューピッドの矢が胸に刺さった。気がした。

可愛い。

大のおとななのに、ものすごく偉そうだったのに、この男は三津の言葉を素直に聞き入れ、三津とのプレイに挑もうとしている。元々何も怒っていなかったけれど、もし何か気にしていたとしても、この瞬間に三津は主人のすべてを許したに違いない。

「そういうことなら全面的に協力する。プレイは初めてなんだよな？　不安かもしれないが、全部俺に任せてくれれば大丈夫だから。安心して」

浮かれる三津と反対に、主人の顔は渋くなった。

「前のめりになるな。あと、今の言い方、なんかすっごくスケコマシっぽくて気持ち悪かったんだけど」

三津は声を上げて笑ってしまった。

「ふはっ、確かに！　でも、初めてのコ相手だと思うと、どうしてもスケコマシっぽくなってしまわないか？」

「ならねーよ」

「じゃあ主人だったらどんな風に言うんだよ」

「別に、何も。あいつら、来んなっつっても寄ってくるし」

「その顔だとそうだろうな」

ちくりと痛む胸を無視し、三津はこれからのことについて話す。

「まずはお試しプレイをしてみようか。今日使うコマンドは四つだけだ。すぐ終わる」

「四つ？　そんなんで、足りるのか？」

「今の主人にならな」

初めてする経験は強烈だ。三津の経験では、おままごとのようなプレイでも十分効果が発揮される。

「コマンドだけで、セックスも暴力もなしだ。厭な命令は拒否していい」

「……本当に？」

「もちろん。セーフワードって知ってるか？」

「……えーと……」

「プレイにおける魔法の言葉だ。おまえがその言葉を口にしたら、俺はプレイを中断する。絶対にだ。約束する」

いつでも自分の意思で止められるのだと強調してやると、主人の表情が緩んだ。

「わかった」

「じゃあ、セーフワードを決めるぞ。何がいい？」

圭人は迷うように視線を彷徨《さまよ》わせた。

「じゃ……プリン」

「ぷりん?」

「あんたと会ったカフェのプリン、気に入ってんだ。……変か?」

三津は口角を上げた。どうやら圭人の好みは『猫っ毛。』と似ているらしい。まあ、あの店のプリンは美味だったたから驚くことではない。

「間違って口にしそうにない言葉だし、いいと思う。それで? いつ取りかかる?」

「今日、これから。い?」

「俺にハジメテをくれる覚悟が決まってるならかまわない。場所は?」

「いつも使ってるホテルの部屋を押さえてある」

施設に行けばタダで部屋を利用できるが、圭人は初めてである。知らない場所より少しでも馴染《なじ》んだ場所の方がリラックスしてコトに及べるかもしれないと思った三津は好きにさせることにしたのだけれども。

「マジか……」

圭人が車を乗り入れたのは、最近できた外資系有名ホテルだった。宿泊費は当然お高い。スロープを上りロビーの前で車を停めると、すかさず寄ってきた駐車係が丁寧に頭を下げる。

「おかえりなさいませ、天賀さま」

「ん」

しかも主人は名前を認知されていた。

車のキーを渡すと、すたすた中へ入っていく。三津も置いていかれまいと小走りに後を追った。

「あー、主人。お試しプレイなんか三十分もかからないのに、こんなとこ使うのもったいなくないか？」

「そうか？」

主人の顔色は変わらない。ブルジョアめと三津は内心で罵る。

「ダイナミクスの施設を利用すれば無料でプレイできるぞ？」

主人が厭そうに顔を顰《しか》めた。

「そんなとこ、絶対使いたくねえ」

その『そんなとこ』が三津の職場だとは思いも寄らないらしい。

まあいいと三津は苦笑する。割り勘なら払えるくらいの金は財布に入っている。深く考えるのはやめにして、とにかく今日はいい部屋を満喫することにしよう。

連れて行かれた部屋はゆったりとスペースが取られたツインでソファセットもあった。多分、ちょっといいグレードの部屋だ。

三津は部屋の奥に据えられた一人掛けのソファの向きを入り口の方へ変えてから腰を下ろし

た。

「圭人」

ジャケットを脱いでクロゼットにしまおうとしていた圭人が、肩をびくんと揺らす。

初々しーなと思ったら、三津の中のＤｏｍが頭を擡《もた》げた。初めて会った時に駐車場で覚えたのと同じ、——たいという気持ちに意識が塗り潰される。

——たい。

この男のすべてを支配したい。

三津は掌《てのひら》を上に向け、指先を折った。

「《来い《Come》》」

圭人は一瞬ぎゅっと目を瞑った。抵抗されるかと思ったが、目を開くと同時にすっとコマンドが通る感覚があった。ぎくしゃくと三津の元へとやってくる。

鈍いＤｏｍだとコマンドが実行されたということにしか目を向けないが、何百——いや、何千ものＳｕｂとプレイしてきた三津は相手の抵抗の度合いを感じ取ることができた。初めての相手とプレイする時、あるいは馬が合わない相手とプレイしなければならない時は大なり小なり抵抗するものなのだが、圭人は本当に覚悟を決めたらしい。

ほとんど抵抗なくコマンドが通る気持ちよさに三津は奥歯を噛み締めた。そうしないと興奮のあまり笑い出しそうだった。

「《跪いて《Kneel》》」

三津の命令に従って主人が長い足を折る。片膝を立て頭を垂れた格好はまるで主に仕える騎士のように凛《りん》としていて美しい。

二つものコマンドをこなしたご褒美に、三津は主人の頭を両手でわしゃわしゃと撫で回した。

「完璧だ、主人。《よくできました《Good boy!》》」

主人は上目遣いに三津の表情を確かめると、ほっとしたかのように表情を緩めた。しかも多分無意識に猫のように三津の手へと頭を擦り寄せ、自分が何をしているのか気づいたのだろう。硬直する。

本当に可愛いな。

これまで、数え切れないほどのＳｕｂとプレイしてきた三津にとってこの行為はもはや慣れきった作業であり、特別感なんかない。たとえ相手が好みのタイプの同性であったとしてもそれは変わらないと思っていたのに、気がつけば指先が震えていた。

本能が騒いでいる。こんなんじゃ足りない。もっと触りたいし、触って欲しいと。

「《聞かせろ《Say》》。初めてのプレイの感想は？」

主人は跪いたまま、夢でも見ているかのようなふわふわした口調で言った。

「かんそう……？　そうだな。何か、凄い」

「凄い？　いい意味で？　悪い意味で？」

三津は注意深く主人の反応を探る。

「いいのか悪いのかは、よくわからない……やったことないけど、クスリとかキメたらこんななのかなって感じで……なんか……なんか……」

徐々に主人の顔が俯《うつむ》いてゆく。どう答えたらいいのか考えているのかと思ったら、主人の躯がぐらりと傾き、肩から床に倒れ込みそうになった。

「主人⁉」

慌てて抱き留めた主人の目は蕩け、何も見ていない。

「んん？　これってもしかして、スペースに入ったのか……？」

Ｓｕｂはプレイに完全に没入すると、スペースと呼ばれるトランス状態に陥ることがある。だが、その境地に達するにはＤｏｍとの信頼関係が不可欠だ。一回二回プレイしただけの相手と到達できるものではない。当然、経験こそ多いものの仕事としてこなしているだけの三津に、パートナーがスペースに陥ったところを見たことなどなかった。

「相性がよかったのか？　それとも主人がスペースに陥るくらい俺を信頼していた？」

もしそうだったらとても嬉しいけれど。

三津は恍惚《こうこつ》としている主人をベッドに寝かせると、白く滑らかな頬をそっと撫でてやった。キスしたい。

ふっとそんなことを思ったけれど、我慢する。

柊が言っていた。圭人は下心でいっぱいのギラギラした女の子たちに狙われまくってきたと。普通なら羨ましく思うところが、三津は好きでもない人に好かれつき纏われる鬱陶しさを知っている。たとえ相手が女性でも、こちらの意思を無視して迫ってこられるのは割と恐怖だ。ましてや三津は女性より腕力がある男性である上にＤｏｍで、今のところプレイできる唯一の存在だ。そんな相手に下心をちらつかされたら、圭人が感じるであろう精神的な苦痛は計り知れない。

──努力もせずに諦めるのか？　こうも好みの男と出会えることなんて二度とないかもしれないのに？

少しだけ葛藤する。ここは強引にいくべきではないかと。

──で、頑張って？　俺も大嫌いなＤｏｍみたいな人間になるのか？

三津は溜息をついた。何があっても自分の気持ちを押しつけるような厭な人間にはなりたくなかった。

そもそも柊が言っていた。圭人は女の子と遊んでいたと。多分、男の三津など眼中にない。もし自分も女の子に生まれていたならとふと考え、三津は吹き出した。スカートを穿《は》いた自分の姿を思い浮かべてしまったのだ。

ないな。ないない。

着たままだった薄手のコートを脱いで、クロゼットを開ける。自動的についた灯りに照らし出された主人のジャケットに何かついているのを見つけて摘まみ上げてみると、猫の毛だった。主人も『猫っ毛。』と同じ猫飼いらしい。

「いつか触らせてもらいたいな」

隣に自分のコートを掛けてからもう一度様子を見に行くと、主人は寝入ってしまっていた。帰るべきか否か少し迷い、泊まっていくことに決めた三津は、主人が寝ているのをいいことに風呂まで使わせてもらうと空いている方のベッドに潜り込んだ。ドキドキして眠れないかもしれないと思ったが、目を閉じて開けるともう朝だった。

もそもそと起き出して顔を洗いテレビをつけて。説明文を読みながら部屋備えつけのコーヒーメーカーにポーションをセットしていると、気怠げな呻き声が聞こえてきた。主人が目覚めたのだ。

三津は主人が寝ているベッドに歩み寄り、上掛けを少し持ち上げてみた。

思い切り顔を顰めた主人が薄く目を開き、三津に気づく。

「……っ‼?」

主人は跳ね起きるとまず自分の軀を見下ろし、異常がないとわかると更に上掛けをめくってちゃんと服を着ているか確かめた。

「酷いな。別に寝込みを襲ったりしてないのに」

「べっ、別にそんな心配してねーし！」

そう嘯《うそぶ》きながらも主人の目は周囲の状況を把握しようと忙《せわ》しなく動いている。

三津は胸の前で腕を組み、主人を見下ろした。

「昨晩のコト、どこまで覚えてる？」

「どこって……全部だけど？」

明らかに嘘だ。

「そうかそうか。じゃあスペースに入ったことも覚えているんだな？」

「……スペース？」

主人の目が僅かに見開かれた。

「そ。スペース。知らないか？　プレイが凄くよかった時にＳｕｂが陥る境地。セックスで言う、トぶってところかな。主人、俺とのプレイがよっぽど悦《よ》かったのか、スペースに入ってそのまま寝てしまったんだ」

「……マジか？」

「マジだ。帰ろうかと思ったんだが、主人、初めてだっただろ？　目が覚めたらホテルに一人なんて淋しいかなって思って、起きるのを待ってた」

三津はスマホで時間を確認する。今日は遅番で時間に余裕があったが、そろそろタイムリミットだ。

「それに、やり残したこともあったからな」

三津が同じベッドに腰を下ろすと、圭人はびくっとして後退《あとずさ》った。

楽しい。

大の男が、それもこんな美形が、自分を意識しまくっているのである。

三津は圭人を抱き締めた。

「うわっ、何す……っ」

「ろくに知らない男のコマンド聞くのは怖かっただろう?」

そんなことを言われるとは思っていなかったのだろう。カラメル色の瞳が揺れる。

「べ、別に……っ」

「初めてなのに、ちゃんと俺の言うとおりに出来て偉いな、圭人は。《よくできました》《Good boy》。圭人とのプレイ、最高だったよ」

腕の中の軀がどんどん熱くなってゆくのが、シャツ越しでもわかった。突き放されることを覚悟していたけれど、圭人は結局暴れることなくじっとしていてくれた。

十数えると、三津は抱擁を解く。

「はい、お仕舞い。初めてなんだし、ちゃんとアフターケアしとかないと。これで気も済んだし、仕事があるから、俺、帰るな」

「あ」

立ち上がろうとすると、シャツの裾がつんと引っ張られた。見下ろすと、圭人の指が三津のシャツの裾を握っていて、またとすっと心臓に矢が追加される。

「ん？」

緩みそうな頬に力を入れ、首を傾げてみせると、顔を真っ赤にさせた主人は視線をうろうろさせた。

「いやその、あ、そうだ連絡先……っ！　連絡先を、オレにも教えろ」

こいつ、可愛すぎない？

「喜んで」

もう駄目だった。ゆるゆるの顔になった三津は連絡先を交換するため、スマホを取り出す。

＋　＋　＋

天賀圭人《あまがけいと》は小さい頃から躯《からだ》が大きい方だった。性格も図太く、態度もでかい。血族にもＤｏｍ《ドム》が多かったことから当然Ｄｏｍだろうと自分も周りも思っていたが、高校生になって初めての健康診断の後、届いた通知にはＳｕｂ《サブ》と書かれていた。

主人は愕然《がくぜん》とした。Ｓｕｂと言えば、痛めつけられて悦《よろこ》ぶ変態だ。施設とやらから特別講師としてきた専門家は違うとか何とかごちゃごちゃ言ってたけど、皆そう思っている。

何より主人には記憶があった。母が父の足下に額づいている記憶だ。その頃主人が誰より恋い慕っていた母は、屈辱的な格好を強いられ酷《ひど》い言葉を投げつけられているというのに、うっとりと微笑《ほほえ》んでいた。

ぞっとした。

もう母はいないけれど、あの時のことを思い出すと膚《はだ》が粟立《あわだ》つ。素直に母を悼むことすらできない。

それからオレは誰の前にも跪《ひざまず》いたりしない。他人に支配されて悦ぶくらいなら死んだ方がマシだと思って生きてきたけれど、Ｓｕｂだと告知されて自分が気持ちの悪い生き物になってしまったような気がした。

検査結果を受け入れられなかった主人は民間機関で再検査してもらったけれど結果は変わらなかった。だが、従兄弟《いとこ》の一人が『ふざけて』プレイを試みたところ、コマンドが効かないことが判明した。そこで主人は思った。たまたまおかしな数値がでてしまっただけで、自分は本当はＳｕｂではなく、ＤｏｍかＮｅｕｔｒａｌ《ニュートラル》なのではないかと。

年を経るにつれ偏頭痛が悪化し、怠《だる》いのが当たり前のようになってきたけれど、頭痛持ちはＤｏｍにもＮｅｕｔｒａｌにもいる。怠いのだって欲求不満のせいとは限らない。そうやって自分を騙《だま》し騙し日々を重ねてきたけれど、最近ではベッドから起き上がれないくらい体調の悪い日が珍しくなくなってしまった。

　車庫に車を入れると、待っていたかのように『まあ、ぼっちゃま』という泣きそうな声が上がる。主人は小さく微笑んだが、着物の上に割烹着《かっぽうぎ》をつけた老齢の女性が飛び石を小走りに渡ってくるのに気がつくと、慌てて車から降りた。

「ばあや、走るなって。危ないだろ」

「もう、ぼっちゃまは！　ばあやの心配をするくらいなら、連絡くらいしてくださいませ。今までどこで何をなさってたんですか。ばあやはもう、ぼっちゃまに何かあったんじゃないかと心配で心配で、心臓がおかしくなりそうだったんですよ」

「悪かった。次からはちゃんと連絡する。約束するから、ほら、戻ろうぜ」

　高く浮き出た飛び石は踏み損ねると足を挫《くじ》きかねない。ポケットに車のキーをしまうと主人は、ばあやを出てきたばかりの勝手口までエスコートした。

　主人が暮らしているのは地上二階、地下一階の洋館だ。主人は父方の祖母から相続したこの屋敷で、大学生の頃から一人暮らしをしていた。別に親がいない訳ではない。Ｄｏｍばかりの家から逃れ自由に生活したかっただけだ。

　家自体は古かったが、移住する時にリフォームしたので中は綺麗《きれい》なものだった。車が二台入る車庫や緑豊かな庭もある豪邸だが、実家の方が広かったので主人に贅沢《ぜいたく》をしている意識はない。掃除は掃除ロボットがやってくれるし、食事は実家を出た時ついてきてくれたばあやが、洗濯はクリーニング業者が、その他手の足りないことがあったらプロを雇っているので快適だ。

勝手口から屋敷の中に入った圭人は、飾り棚に置かれたマイセンの皿にキーホルダーを入れると裸足《はだし》のまま奥へと進んだ。洗面所で手を洗って食堂に入ったところで、スマホが震え始める。柊《しゅう》だ。

「はよ」

スピーカーにしてテーブルの上に置くと、圭人は椅子を引いて座った。

『おはよう、圭人。アオさんとはちゃんと会えた？　プレイは成功した？　倦怠感《けんたいかん》に変化はある？　偏頭痛は？』

柊の人柄そのままの、やわらかな声が捲《まく》し立てる。言われてみれば、頭痛はなくなっていた。躯は羽のように軽い。柊の言う通り、圭人の不調はダイナミクスに依るものだったのだ。

頑《かたく》なになっていた自分が馬鹿だったのだと認めたくなくて、圭人は別にとだけぶっきらぼうに答える。

『別に？　変化なしってこと？』

「なくはねーけど。そんなことより、次のおやつ、どっちが用意すんだよ」

柊は圭人の幼馴染《おさななじ》みで幼稚舎から一緒だ。好むと好まざるとにかかわらず長い時間を共にしているのでお互いのいいところも最低なところもよく知っている。頭はいいが甘やかされて育ち、Ｓｕｂだとわかった途端に態度を変えた家族のせいで捻《ひね》くれて、誰ともうまくやれなくなってしまった主人の扱い方については親よりも熟達しており、今回も切れ散らかさないことからそれなりの成果があったことを察して即座に引き下がった。下手に食い下がったところで主人から欲しい情報を引き出せる可能性などないとわかっているのだ。

『どっちでもいいよ。とにかくトラブルなく終わったんならよかった。勧めておいてなんだけど、一応は心配してたんだ』

「嘘《うそ》つけ」

『嘘じゃないって。その証拠に昨夜は一睡もできなかった』

「どうせミキシングに手こずっていただけだろ。できたのか？」

どこからともなく現れた黒い子猫が足に頭を擦《す》りつけてきたので抱き上げる。すると今度は白猫と三毛猫がやってきて、膝によじ登ってきた。

『ちゃんと間に合わせたよ。もう送ってあるからチェックしてくれないか、「猫っ毛。」』

天鵞絨《ビロード》のような毛並みを撫《な》でながら、主人はスマホを操作する。ポケットから取り出したイヤホンを耳に捻《ね》じ込んで再生ボタンを押すと、艶のあるハスキーボイスが聞こえてきた。最後まで聞いた主人の唇の端がにんまりと引き上げられる。

「まーまーだな」

『やり直した方がいいならそうするよ？』

「いやその必要はない。これで投げろよ。おやつは次も俺が用意する。『癖っ毛。』が好きそうな和菓子屋見つけたんだ。動画で紹介してもいいかふわっと聞いてみたら、大歓迎だってさ」

主人は柊と組んで動画配信をしている。『猫っ毛。』が主人のネット上の名だ。そして柊の名は『癖っ毛。』。楽しそうなこと、やってみたいことは何でもするスタンスで運営してきたが、最近は音楽関係の作品が多い。去年頼まれて作った曲の評判がまあまあ良かった余波だ。

簡単な打ち合わせが終わると、ばあやがハムエッグにサラダ、ミルクにご飯と味噌汁《みそしる》、それから納豆からなる朝食を運んできた。

――あれ？

いつもなら半分ほどつつくと食べる気が失せてしまい、淹《い》れ立てのコーヒーだけを手に部屋に引っ込むのだが、砂糖も入っていないのにミルクが甘く感じられるしカリカリに焼かれたベーコンのにおいがたまらない。何の変哲もない白飯でさえもやたらと美味《おい》しく感じられて、気がつけば主人は朝食を完食していた。

おかわりを求められたばあやが喜ぶ。

「まあ、全部平らげてくださったばかりか、おかわりまで。今日は調子がよさそうですねえ、ぼっちゃま」

「あー、そう、かも？」

これがＤｏｍの力か。アオにプレイしてもらっただけで、自分はこんなにも爽やかな朝を迎えることができたのか。

生まれ変わったような気持ちだったけれど、こうなると自分は間違いなくＳｕｂだったのだと認めざるを得ない。

――今までと同じというわけにはいけない、か。

ばあやが差し出してくれたご飯茶碗《ぢやわん》を受け取り、圭人は白飯を掻《か》き込む。

＋　＋　＋

スマホを見たら『猫っ毛。』のライブ配信の予告が届いていた。

三津《みつ》は頬を緩める。随分と早い時間に始まるようだが今日は平日、クリスマス前は皆パートナーが欲しくなるのか利用者が増える傾向があるが早番だし、定時に上がれるだろうと思ったのだ。

ここはいわば結婚相談所。プレイは利用者同士で行われるものだ。ＤｏｍやＳｕｂが駆り出されるのはイレギュラーへの対応時で、日常業務は基本的にＮｅｕｔｒａｌの職員だけで回るようになっている。

だが、早く帰りたい日に限って面倒事が舞い込むものだ。

「三津。病院にドロップした女性が担ぎ込まれた。アレルギーがあって薬が使えないらしい。ヘルプに行ってくれ」

「了解。ちなみにドロップさせたＤｏｍはどこに？」

「そっちは警察だ」

「それは残念。ここに来ていたら、みっちり教育的指導をしてやったのに」

ケアを終え事務室に戻ると、今度は都築《つづき》だ。

「三津、すまないが保育園から子供が熱を出したという電話が来た」

「えっ、大変じゃないですか。あとは俺が引き受けますから早く帰ってあげてください」

「すまない。この間のこともあるし、今度何か埋め合わせする」

都築は遅番だったから閉館までいることになる。ライブ配信に間に合わないのは確定だが、『猫っ毛。』は告知が直前の代わりに見逃した人も後で見られるようにしてくれる。ライブで楽しめないのは残念だけれど、三津は落ち着いていた。

「せんぱあい。部屋番号〇六七でカップルが揉《も》めてるらしいんですけどぉー」

「山田《やまだ》、男を見せて来い」

「先輩って俺に対してだけ塩対応ですよね⁉」

わあわあ騒ぐ山田を事務室から追い出す。いつまでも新人気分でいられてはたまらない。だが、山田は山田だった。

ぴろぴろと内線が鳴る。

『せんぱあい。仲裁しようとしたら、殴られましたあ』

仕方なく、警備員を呼び、三津も駆けつける。だが、急行した部屋にいたのはグレアに中《あ》てられて気分が悪くなったＳｕｂと山田だけだった。問題のＤｏｍに逃げられたと聞いた三津は切れそうになる。

施設の中には何も知らないＳｕｂが大勢いるのに、何してくれるんだ、この男は！

山田が殴られた時点でこれは暴行事件だ。警察にも協力を要請し、Ｄｏｍの行方を捜す。施設では利用時に必ず国から発行されるダイナミクス証明書を提示しなければならない。男の身元はすぐに明らかになったし、割れた窓と防犯カメラに残された映像からとっくに外に逃げたこともわかったが、すべての後始末が終わった時には夜になっていた。

「あの、三津さん、おつかれさまでした。よかったら、これ」

同僚の女の子が、帰り際にチョコレート菓子を一つ置いていってくれる。彼女は三津とは反対にＳｕｂで、どうしてもパートナーが見つからないＤｏｍの相手やカウンセリングを担当している。利用者のＳｕｂ同様、三津に助けられることも多い。質《たち》の悪いＤｏｍに手を焼く姿に知らんぷりしていられなかったのだろう。ちなみに早番だった山田は定時に仕事をあがっていった。別に咎《とが》める気はないが、だからモテないんだぞおまえはとは思う。

帰って『猫っ毛。』の新作動画を見ることだけを心の糧にやるべきことを片づけ予定より大分遅くなってから退勤した三津は、一旦駅前まで出て焼き鳥屋で盛り合わせを一パック、コンビニでビールと惣菜《そうざい》を買った。

夜道を歩きながらふと振動を感じた気がしてスマホをチェックしてみる。何のメッセージも届いていない。

三週間ほど前に熱い夜を共にした美しい男からはあれきり何の連絡もなかった。別に恋人でもパートナーでもないのだからおかしいことではないのだが……淋《さび》しい。

多分あれきりということはない。他のＤｏｍのコマンドは効かないらしいからプレイの効果が切れて不調が再発したらきっとまた呼ばれる。でも、プレイの時だけ会うなんて都合のいいオンナみたいだ。

「実際、都合のいいオンナ以外の何ものでもないか」

あいつら、来んなっつっても寄ってくるしと言った時の主人に見栄を張っている様子はなかった。本当に鬱陶しいと思っていたのだ。それなのに食いまくった。女の子たちにちゃんと敬意を払ったつき合いをしていたとは思えない。シたい時だけ呼びつけて相手をさせ、用が済んだらポイしていたに違いない。

「うわ、サイテー」

それでもあの顔だ。女の子たちは酷いと思っても呼びつけられればお洒落《しゃれ》して馳《は》せ参じたことだろう。

三津はそこまで自分を貶《おとし》めようとは思わない。継続してプレイするならそれなりの扱いを要求するつもりだ。

「でも、俺は主人にどんな風に扱って欲しいんだ？」

プレイ以外の時にも連絡して欲しい？　食事や遊びに誘って、大事にして欲しい？

三津は誰もいないことをいいことに思い切り顔を顰《しか》めた。

「キモ……」

男同士のつき合いはドライだ。用もないのに連絡したりしない。もし三津が他の誰かにこんなことを言われたら――しかも男から言われたら――気持ち悪いと思うし逆に距離を取ろうとするに違いない。

「それに、主人の場合、押したら最後って気がするんだよな……」

プレイした翌朝、主人は何かされたんじゃないかと警戒していた。モテまくってきたせいで恐れているのだ。望まぬ好意を押しつけられることを。

もし三津が距離を詰めようとしたら、主人は身を翻すに違いない。撫でられ過ぎて触られるのを厭《いや》がるようになった猫のように。Ｓｕｂに好意を示されると反射的に腰が引けてしまうようになった三津のように。

つまり、主人が連絡をくれるまで三津は動けない。

「……早く帰って『猫っ毛。』さんの動画見よ」

今日のサービスショットは白玉ちゃんかみたらしちゃんか。いささかカメラ映りがよくないが、黒蜜ちゃんも捨てがたい。

家に帰りつくと三津は手早くシャワーを済ませてくたくたになったフーディーとジャージのズボンに着替えた。

元々『猫っ毛。』は更新が早い方だったけれど、ここ二週間ほどは更にペースが上がっており、内容も神がかっている。今日の更新も楽しみだ。

買ってきた惣菜をチンし、焼き鳥やビールと一緒にちゃぶ台に並べれば準備完了、ネットに繋《つな》いだテレビの電源を入れる。

――こんにちはー。

画面に映った『猫っ毛。』は黒いペイズリー柄のバンダナの上に、いつもの狐《きつね》の面を斜めに被《かぶ》っていた。てろんとした素材のシャツにブラックジーンズを合わせている。白いシャツは着ているのが結構な長身の『猫っ毛。』だというのに手の甲が隠れるほど袖が長かった。ざわついたコメント欄から某ハイブランドの新作だとわかる。そんなものをさらっと着てしまう『猫っ毛。』を凄《すご》いなあと思うものの、妬ましさは感じない。『猫っ毛。』が下々の者とは違ういい服を着るのは当然だからだ。

――今日は、お知らせがあります。『猫っ毛。』、今日でチャンネル配信開始して四年になりました。

——結構頑張ったよね。四周年おめでとう。

スピーカーから拍手の音と共に『癖っ毛。』の声が聞こえてくる。今日も参加しているらしい。

——どうもどうも。おめでとう、オレ。ってわけで、今日のおやつは豪華版です。

カメラが引かれると、『猫っ毛。』の前のテーブルに置かれた幾つものホールケーキが画面に入ってきた。

——これ全部食べるの？　ちょっと食べ過ぎなんじゃない？

——オレのお祝いなんだからいいだろ。一度こういうのやってみたかったんだ。これはスイーツスイーツの新作。ピスタチオムース。いただきま——っと、白玉、駄目！

直接フォークを刺したところで画面の外から現れた白い子猫を『猫っ毛。』が慌てて捕まえる。

——一緒にお祝いしたいんじゃないか？

——ん？　そうなのか？　でも、ケーキは食べられないから、白玉はこれな。

『猫っ毛。』が胸ポケットからスティックタイプの猫のおやつを取り出した。撮影のために用意したのだろうか。それとも常備しているのだろうか。わからないが、白玉の視線はオレンジのパッケージに釘《くぎ》づけだ。

カメラが寄り、今日のサービスショット！　というテロップが入る。『猫っ毛。』に仰向けにだっこされた子猫が、差し出されたパッケージを前足ではっしと挟んで夢中で舐《な》める様子がアップで映し出されると、三津は眦《まなじり》を緩めた。

――可愛《かわい》いだろう？　オレの白玉は。

――皆の者、癒やされるがよいー。

三津は両手を合わせテレビを拝む。

「ありがとうございます。癒やされます……」

空になったパッケージを画面の外から伸びてきた『瘤っ毛。』の手に渡すと、主人は白玉の口元を拭いてやった。

――はい、ごちそーさまな。えーと、それで、そうだ、そろそろ次のアルバムを出そうと思って色々準備中です。

三津は神棚へ目をやる。そこには『猫っ毛。』が過去に出したアルバムのケースが飾られていた。ようやく二枚目を並べて飾れるのだと思うと嬉《うれ》しい。

――そうだ、何かして欲しいこととかある？　オレはウチの子たちのグラビア写真集を作ったらいいと思ってんだけど。

――あ、ほら『猫っ毛。』、リクエストが来ているよ。顔出しして、だって

『瘤っ毛。』が読み上げた途端、『顔出し希望』でコメント欄が埋まる。

フォークにぶっ刺したケーキの塊を次々に口に放り込んでいた『猫っ毛。』が頭を傾けた。

――ん？　悪い。それは無理。オヤにばれたらヤバいからな。

「親？」

『癖っ毛。』が補足する。

――そう、『猫っ毛。』って名前で歌っているってことをこいつのオヤは知らないんだよね。家業を継がせたいと思っているみたいだから、歌に熱中しているのを知ったら止めさせられるかも。

えっ、そうなの⁉　とか、それはヤだな、とか、ドラマの主題歌歌ってるのに、親バレしないの？　といったコメントが並ぶ。

――親にはフリーターをしてるって言ってるらしいよ。

――オレが『猫っ毛。』続けてこられたのは『癖っ毛。』の協力のおかげです。

――そういうのマジでやめろ。バレた時、僕が恨まれるだろうが！

焼き鳥を食べることも忘れ、前のめりになって聞き入っていると、スマホが震えた。画面に主人の名が表示されている。タップすると、新しい画面が開き、いつ暇？　というぶっきらぼうなメッセージが一行だけ出てきた。

――――来た！

動画を止め、スマホの通話ボタンを押すと、ワンコールで主人が出た。

「こんばんは」

『──ああ』

相変わらず主人は素っ気ない。さっきまで動画を見ていたせいで、キャラの違いが際立つ。声質こそ似ているものの、やっぱり主人は『猫っ毛。』じゃない。

「メッセージありがとう。スケジュールだけど、直近なら明日は休みだから一日空《あ》いている。それから……」

三津は壁掛け時計を見上げた。もう十時だ。まさか来るとは言わないだろうと思う。思うが一応、今日これからでもいいけどとつけ足してみると、主人はまさかの食いつきを見せた。

『どこに迎えに行けばいい？』

「マジか」

既にビールを開け、部屋着でくつろいでいたところだ。移動するのは面倒くさい。それにまたハイクラスのホテルになど連れて行かれたらたまらない。前回は主人が払ってくれたが、またというのは心苦しい。かといって割り勘にしようなどとはとても言えない。

天井を見上げ、ぎゅっと目を瞑《つむ》ってうーんと唸《うな》った三津はいいことを思いついた。

「よかったら、ウチに来ないか？　今、飯食いながら飲んでたんだ」

少しの間の後、主人は言った。

『場所は？』

今回も三津は躊躇《ちゅうちょ》なく住所を教えた。通話を切ると『猫っ毛。』がフォークをくわえたまま静止している画面を見つめる。いきなり心臓がどくどくと脈打ち始め、三津はフーディーの胸元をぎゅっと握り締めた。

俺は今、何をした？

圭人をウチに招待した。

まだ一回、ほんの軽いお試しプレイをしただけの相手だぞ？　がっつきすぎじゃないか？

それに。

三津は部屋の中を見回す。

この部屋を最後に掃除したのは、いつだ？

三津はスマホを放り出すと、脱ぎ捨ててあった服を拾って歩き、洗濯機に突っ込んだ。郵便物やパンフレットは一カ所に纏《まと》め、玄関に出しっぱなしになっていたスニーカーやサンダルを靴箱にしまう。他に片づけるべきものはと部屋を見回していると着いたというメッセージがスマホに届いた。早い。

スマホを片手に外に出てみると、圭人が街灯の下にぽつんと立っていた。

「いらっしゃい。車は？」

「コインパーキングに入れた」

今日は髪を結んでいない。頬に掛かる色素の薄い髪はさらさらと細い猫っ毛だ。

三津は胸ほどの高さがある門を押し開いた。

「それじゃどうぞ、入って。圭人は夕飯は？　もう食べたのか？」

踵《きびす》を返して家に入り靴を脱ぐ。玄関の正面、全開になっている硝子《ガラス》障子の向こうはもうテレビがつけっぱなしになっている茶の間だ。すたすたと茶の間に入って振り返り、三津は首を傾《かし》げた。上がってくればいいのに、圭人は玄関に突っ立ったまま動かない。

「圭人？」

変なものでもあったろうかと視線を巡らせ、三津ははっとした。そういえば三津の家はボロいウサギ小屋だった。

「あー、もしかしてこんなとこじゃ厭だったか？　気分が乗らないなら、場所を変えるが、どうする？」

圭人は、プレイするためだけにハイクラスのホテルの部屋を押さえてしまうほど金回りがよく、ＳＵＶを乗り回している男である。ここは三津にとってはじいちゃんの思い出の詰まった立派な城だが、歩くだけで床板が軋《きし》み、場所によっては撓《たわ》むような家には踏み込むのも躊躇《ためら》われるのかもしれない。

もし圭人が厭なようなら、ランクはそう高くないが駅前にホテルがある。そこに行けばいい。

三津は炬燵《こたつ》の上に置きかけたスマホをポケットに戻そうとしたけれど。

「い……いや、別にここでかまわねー」

スイッチが入れ直されたかのように圭人が動き出した。ぎくしゃくと靴を脱いで家に上がると、今度はＣＤケースが飾られた神棚を見て固まる。

「もしもーし。主人ー？」

「だ、大丈夫だ。その、昭和のドラマみたいだなと思って」

すべてを買い換えるだけの財力がなかった三津は、じいちゃんが遺《のこ》していったもので使えるものはそのまま使っていた。

振り子つきの柱時計に小さな神棚。石油ストーブの上では薬缶《やかん》がしゅんしゅん沸いている。

それから赤い炬燵布団が掛けられた炬燵。

「まあ、今時こんな古ぼけた家ないよな。どうぞ、座って」

示した炬燵を主人はしげしげと眺めた。

「炬燵に入るの、初めてだ」

「本当に？」

「嘘なんかつかねー」

「じゃあいい機会だ、たっぷり堪能するといい。ミカンこそないが、俺がじいちゃんから引き継いだ由緒正しい昭和の炬燵だ」

「ミカン？」

「知らないのか？　炬燵にはミカンがつきものなんだ」

「ふうん。……ん」

　圭人が提げていた紙袋を差し出す。

「ん？　これ、手土産か!?　うわ、びっくり。圭人ってそういう気遣いができる奴だったんだ……」

「やっぱ持って帰る」

「冗談だって。外、寒かっただろう？　炬燵に入ると暖まるよ？」

　一旦紙袋を置いて、炬燵に入ろうと膝を突く。すると、圭人も角を挟んで隣にぎこちなく腰を下ろした。三津が炬燵布団を捲って足を入れれば圭人も真似《まね》て炬燵布団を持ち上げ、赤い光が漏れてくるのを不審に思ったのか中を覗《のぞ》き込む。

「あっ、そうか、赤外線……」

　三津は何だか優しい気持ちになった。

「これ、開けていいか？」

「ん」

　テーブルの上にあった食器を押しのけて場所を空け、紙袋から箱を取り出す。中にはカットケーキがみっちり入っていた。

　思わずテレビ画面と見比べる。

「うわ、凄い偶然！　圭人が持ってきてくれたケーキ、今テレビに映ってるのと同じだ」

「……そうみたいだな」

圭人がなぜか目を逸《そ》らす。

三津はパソコンのタッチパッドで停止を解除した。テレビの中で生き生きと動き出した『猫っ毛。』に、圭人がきゅうりを見た猫のような反応を示す。

「えっ、な、何⁉」

「この狐面被っている人、知ってる？」

「ぜ、全然、知らないけど？」

「『猫っ毛。』さんっていうアーティストで、これのＣＭソングも歌ってるんだが」

そう言うと、三津は棚に置かれていたパッケージを開けて見せた。中に入っているのはネイルだ。

「おま……っ、何で男のくせにネイルなんて……っ」

「ほら、ここについている応募券。これを集めるために買ったんだよ。抽選で『猫っ毛。』さんのライブに行けるから、同僚にも協力してもらって六本も買った」

「マジか……」

「マジだ」

三津は立ち上がると、食器棚を開けてケーキを載せる皿を探した。お知らせの続きを見ながらこれを食べれば、四周年を一緒に祝っているような気分を味わえそうだと思ったのだ。

「話は戻すけど、見ての通り、飯を食ってたんだ。プレイの前に食事を済ませていいか？　圭人も何か食べるか？　ケーキは幾つかいけそうだ？」

「ケーキはいらねー」

食い気味に断った圭人は胃の上を押さえている。甘い物が苦手なのかもしれない。それならこんなに沢山買ってこなければいいのに。

「じゃあ焼き鳥をどーぞ。今、ビール出してくる」

三津は台所に立つと、冷凍庫からビールを取り出した。テレビ――さすがにブラウン管ではなく液晶だ――の中では二回目のサービスショットが始まり、やわらかな茶色の毛色の猫が大写しになっている。『猫っ毛。』の指をちゅぱちゅぱ吸いながら今にも寝そうになっている子猫は、思わず平伏したくなるほど愛らしい。

「そういえば、圭人も猫を飼っているんだよな？」

圭人がぎょっとして三津を盗み見る。

「何で知っているんだ⁉」

「上着に毛がついていたから。どんな猫なんだ？」

「……ありふれた和猫のミックスだけど」

「じゃあ、この子と一緒だな！　この子、『みたらし』っていうんだ。『猫っ毛。』さんは他にも白玉って白猫と黒蜜っていう黒猫、それから三色団子っていう三毛猫を飼ってて、動画の合間合間にこんな風に映してくれるんだけど、この子たち見てると日頃のストレスで濁った魂が浄化される気がする」

「へ……へー、そう……」

猫飼いなら飛びついてくるかと思ったのだが、食いつきが悪い。

「四匹は兄弟猫で、亡くなった叔父さんの家に取り残されていたんだ。可哀想に、叔父さんが入院している間、誰も世話してくれなかったらしくて、母猫は死んでしまっていたらしい。子猫たちの目にはいきなり現れて保護しようとする『猫っ毛。』さんが敵に見えたみたいで、家に連れ帰ってからしばらくの間は引っ掻かれまくってた。でも、今じゃこんなにご主人さま大好きでさ、今日のサービスショットで『猫っ毛。』さんといちゃつく姿を見るたび、いいご主人様に引き取られてよかったなあとしみじみ……思って……しまってさあ……」

「ちょ、何泣いてんだよっ！」

つい涙ぐんでしまった三津に主人が引く。

いかんいかんと目元を拭うと、三津はビールをグラスと一緒に主人に渡した。炬燵に足を入れて、シェアするために焼き鳥を串《くし》から外す。

ベーシックな焼き鳥に、ハツ、モツ、ぼんじり。

外し終わった串を纏めて端に置き、ハツを一つ口に放り込むと、主人もハツに手を伸ばした。一つ食べるとちょっと嬉しそうな顔をする。気に入ったらしい。

かしゅっという小気味よい音を立ててプルタブを引き起こし、グラスにビールを注ごうとした主人がまたフリーズした。

グラスには白猫と黒猫と三毛猫と茶虎のイラストが描かれていた。お察しの通り『猫っ毛。』のグッズである。

主人は缶を置くと、上目遣いに三津の顔色を窺《うかが》った。

「あのさあ、これって、わざとか？」

「ん？　わざとって何が？」

「『猫っ毛。』だよ！　何なんだよ、グッズにＣＤに動画、おまけに話すことと言えば『猫っ毛。』のことばっかりじゃねーか！」

いきなりキレた主人に三津もむっとする。

「主人こそ何なんだよ。ここは俺の家だぞ？　好きなアーティストのグッズを使って何が悪い」

主人が息を呑《の》んだ。

「す……好き……？」

三津は目を細めテレビ画面を見つめる。

「そ。好き。『猫っ毛。』さんは俺の推しなんだ。だから主人にも『猫っ毛。』さんのことを知って欲しいし、好きになって欲しかったんだけど……不快だったんなら謝る。悪かった」

「へ⁉　あ、いや別に謝んなくてもいーけどよ……」

三津はにっこり笑った。

「本当に？　じゃあさ、圭人は『猫っ毛。』さんのこと、どう思った？」

逃がさないとばかりに手を肩に置くと、圭人がびくっと躯を揺らす。

「ど、どうって別に」

「『猫っ毛。』さん、いいだろう？　圭人も推したくなったんじゃないか？」

「はあ⁉　オレが『猫っ毛。』を推すわけないだろ……⁉」

泡を食って否定され、三津は片手で耳を押さえた。

「そんな大声を出さなくても聞こえる。残念だな。新曲やアップされたばかりの動画についての感想や、今日のサービスショットの崇高さを語る相手が欲しかったんだが。それから『猫っ毛。』さんが好きだって言ってたプリンの世にも妙なる美味さについてもだ」

「プリン……？　まさか、あのカフェにいたのって」

「お察しの通り、圭人と会ったカフェには、『猫っ毛。』さんが好きなプリンを味わってみたくて遠征したんだ。プリンの感想なんて誰にでも話せると思うかもしれないけれど、『「猫っ毛。」さんが好きなプリンが美味しかった』感動は、『猫っ毛。』さん好きな人とでなければ共有出来ない。同志が欲しいんだが、なかなかうまくいかなくってさ。圭人が仲間になってくれたら嬉しいなーと思ったんだが」

「お……オレは無理……本当に無理だから……」

主人は目を泳がせると、ビールをごきゅっと飲み下した。

三津は炬燵に肘を突き、身を乗り出す。

「そうだ、『猫っ毛。』さんの曲を流していいか？　さっきの猫の曲とか、俺、毎朝聞いているんだ。俺が一番好きな『ぬくもり』っていう曲は、ＭＶも雰囲気があって」

「もう勘弁してくれよ……そんなの外でまで聞きたくな……あ……っ」

空気が凍った。

「ん？　外でまで聞きたくない？　それってつまり主人は以前から『猫っ毛。』さんのことを知っていたってことだよな？　何で今の今までまるで知らないような素振りしていたわけ」

「別に隠していたわけじゃねーぞ。俺が何か言う前にアオが喋《しゃべ》りまくったんじゃねーか」

「そうだったっけ」

三津はしれっと聞き流す。

「まあいいや。で？　『ぬくもり』も他の曲も知っていて、外では聞きたくないほど聞いているってことはどういうことなんだ？　推してるってことじゃないのか？」

「かっ、家族……っ、家族が聞いてんだよ……っ」

「つまり主人の家族に『猫っ毛。』さんのファンがいる、と」

「えっ、いや」

「紹介してくれ。ぜひ友達になりたい」

「だっ、駄目だ！」

「えぇー」

三津は立ち上がると、白飯を盛りにいった。借りてきた猫のようだった主人が打ち解けてきてくれたのが嬉しい。こうやって関係を深めていけば、都合のいいオンナ以上の存在になれるだろうか——などと考えつつ茶碗に生卵を割り落とす。ついでに柴漬《しばづ》けのパックも開け、半分中身を開けた。ざくざく掻き混ぜていると、三津のすることを目で追っていた主人が顔を顰めた。

「何だそれ」

「TKG《卵かけご飯》だ。主人も食べるか？」

「……うまいのか……？」

「食べたことがないのか？」

「見た目が下品だからそういう食べ方はするなってゆーガキの頃の教えが頭に染みついていて」

「じゃあ試してみないとな」

もう一度立ち上がり、三津は主人の分の白飯をよそう。生卵を一つ添えて渡すと、三津は出来上がった卵かけご飯ｗｉｔｈ柴漬けをぱくりと口に放り込んだ。ぱりぱりぽりぽりと嚙《か》み砕いて呑み込んで『うんうまい』と頷《うなず》くと、主人も生卵に手を伸ばす。三津の真似をして白飯の上で割る手つきは伊勢海老《えび》を捌《さば》く『猫っ毛。』並みにおぼつかない。おそらく料理などろくにしたことがないのだ。

なんとか卵を割ることに成功し柴漬けを投入した主人は、いい加減に掻き回したＴＫＧを口に運んだ。じっくり嚙み締めてから飲み込む。

「……悪くない、かも」

「だろう！」

テレビの中ではいつの間にか勢揃《せいぞろ》いした子猫たちが追いかけっこをしていた。ケーキの間を駆け抜けようとして突っ込む子もいて、大変な騒ぎだ。

腹がくちたらいよいよプレイの時間である。三津は主人に待っているように言い、二階に上がった。ちゃぶ台を片づければ茶の間でもできなくないが、焼き鳥の残り香漂う空間でなんて格好がつかない。

階段を上がるとまっすぐ廊下が伸びており、左手に窓、右手に物置にしている和室がある。襖《ふすま》を開けると、茶箱や古い和簞笥《わだんす》が壁際に積み上げられた古めかしい空間が現れた。子供の頃はここで何時間も宝探しをして過ごしたものだ。

特に散らかっていないのを確認すると、三津は階段の下に向かって叫んだ。

「主人、上がって来ていいぞ」

プレイしている間はＳｕｂより高い目線を確保したいので背の低い座敷椅子を窓の前に移動

させ腰掛ける。偉そうにふんぞり返って、足を組むと、ぎしりと階段が軋むのが聞こえた。

足音が近づいてくる。

ひょいと鴨居《かもい》を潜って現れた主人と目が合った瞬間、空気が変わった。

「始めよっか。《来て》《Come》」

足下を指さして命じると、主人は階段の灯《あか》りを背に夢でも見ているかのようなふわふわした足取りで、三津の前まで進み出た。

「ん、《いい子だ》《Good boy!》。よくできました。まずは前回のプレイの結果を聞かせてもらおうか。悩まされていた禁断症状はマシになったか？《教えろ》《Say》」

主人の肩がびくんと震えた。

「……っ、マシどころじゃ、なかった。具合が悪いのが普通だったのに、頭痛も倦怠感も綺麗になくなって、オレ、初めて自覚した。柊が言う通り、オレはすごく酷い状態にあったんだって……」

三津はにんまり笑った。三津のプレイによってこの男は苦痛から解放されたのみならず、友人の真心を理解することができたらしい。

「よかった。今日、俺に連絡くれたのは、効果が切れてきたからか？」

禁断症状が出るまでの期間を把握しようとすると、主人はなぜか焦った様子で首を振った。

「そうだけど、それだけじゃない。オレはその、礼を言いたくて」

「礼？」

「オレ、凄く失礼だったのに、助けてくれた、だろ？　だからその……ありがとう」

右に左に泳がせていた目をようやく三津に向け、圭人が頭を下げる。手土産を渡された時以上に三津は驚いた。

こいつ、ちゃんと礼を言えたんだ。

「それからオレ、ずっとＳｕｂであることを認められなくて、自分のダイナミクスから目を逸らしていたけれど、今回のことでようやく自分のことなんだからちゃんと知らないと駄目だってわかった。柊にも、あんたはいい影響を与えてくれる人だから大事にしろって言われて、その、これからもよろしくして欲しいっていうか……」

とすとすっと胸に矢が刺さる。三津にとどめを刺しにくる。

三津はやけに渇く喉を鳴らし、無理矢理声を絞り出した。

「はは、嬉しーな。じゃあ一緒にお勉強していこうか。ＤｏｍのことやＳｕｂのことを。――圭人、《跪《Kneel》け》」

圭人が跪く。Ｓｕｂの本能がＤｏｍより目線を低くしなければ駄目だと命じているのだろう。三津よりずっと大きく美しい男が恭順を示そうと畳の上で縮こまり這《は》い蹲《つくば》るさまに、三津はゾクゾクするほどの喜悦を覚えた。

「いいな。何でだろう、圭人の跪く姿ってこれまで見たどのＳｕｂよりぐっとクる。クラクラして――Ｄｏｍなのに、スペースに入ってしまいそうだ」

圭人が弾《はじ》かれたように目を上げる。

――？

一瞬、腹の底にひやっとしたものを感じたけれど、なぜかわからなかった。

とりあえずプレイを優先することにし、三津は圭人の唇に触れる。

《舐めろ》《Lick》と命令してみたい。この男が喉を鳴らして指を舐め回すさまを想像するだけで勃《た》ちそうだ。

でも、堪える。

足下に跪いてはいるがこの男は三津のものではないからだ。

――俺は絶対に、無神経にＳｕｂを傷つけるＤｏｍにはならない。

だから。

「《接吻》《Kiss》して、圭人。そして、誓って。俺だけに跪き従うと」

プレイを装って三津は欲しいものを掠《かす》め取る。乾いた唇が手の甲に押し当てられた瞬間、くらり、世界が傾いだ。

＋　＋　＋

扉を開けた途端ににいにい鳴く子猫たちに囲まれる。足下に気をつけつつ広々としたＬＤＫに移動すると、圭人は音声認識アプリに柊に電話を掛けるよう命じた。スマホをテーブルの上に置いてコートを脱いだところで通話が繋がり、柊の声が聞こえてくる。

『圭人。今、何時だと思ってんの？』

足に軀を擦りつけてきたみたらしを抱き上げると、圭人は背中から勢いよくソファに倒れ込んだ。

「柊、アオ、オレのファンだった！」

『——んん？』

「今日、アオんち行ったら、飯食いながら、オレたちがアップしたばかりの動画を観てた‼ オレが推しなんだってさ！　みたらしや白玉のことも全部知ってた‼」

昂《たか》ぶった気持ちのままに高く掲げた子猫をわしゃわしゃ撫でまわす。眠そうだった柊の声が真剣なものへと変わった。

『圭人。君、もうアオさんの家に行ったの？』

「おう。行った！　あいつんち、びっくりするほど狭くて古いんだぜ？　階段なんて歩くたびにぎしっぎしって、まるでホラー映画みたいで」

『僕には主人がまだ数えるほどしか会ったことのないアオさんの家に行ったたってことの方がびっくりなんだけど。怖い女に引っかかってから居酒屋の個室でさえ避けていたのに、どんな言葉で誘い出されたんだ？　後学のために教えてくれ』

主人は起き上がるとソファの上で胡座《あぐら》をかく。

「教えるようなことなんかねーよ。アオはいい奴だから、警戒なんかする必要なかっただけ」

確かに主人は警戒心が強く、一人の時はもちろん友人や親族と一緒の時でさえ絶対に人目のないところには行かない。でも、今、柊に言われるまでそのことを忘れていた。プレイのことで頭がいっぱいだったせいだろうか。それとも。

『へえ……。まあ、僕は主人のママじゃないから、気を許しすぎじゃないかと思うけれど、とやかくは言わないよ。好きにすればいい』

「言われなくても好きにするに決まってんだろ！　それよりさ、アオに食い切れなかったケーキ、切って持っていったんだ。そしたら、『猫っ毛。』が食べてたケーキだってすぐわかって滅茶苦茶喜ばれた！　この間カフェに来てたのもオレが好きって言ってたかららしい！」

主人はぼふんと仰向けに倒れると足をばたつかせた。

『猫っ毛。』に好意を持っている人がそれなりにいることは知っていた。動画をアップすれば何万人もの人が見てくれるし、ヒットを記録した曲もある。でも、実感出来たのは、アオに好きと言われた瞬間だった。

オレ《『猫っ毛。』》を好きな人間は現実に、確かに存在していたのだ！

『主人、落ち着いて』

「これが落ち着いてられるか！　あいつのプレイ、すごいんだ。あいつがコマンド出すと、それだけでなんかもう、全身の血が沸騰したみたいになって、頭ん中、真っ白になる。すごく気持ちよくて、ふわふわして……体調も、絶好調って感じだし……」

プレイをして欲求不満が解消されたせいもあるのだろうか。ずっと鈍く澱《よど》んでいた頭の中で何かが高速で回転している感じがする。今なら何でもできそうだ。

『主人、もしかして酔っ払ってる？』

「酒なんか一滴も飲んでないって！　でも、ハイにはなってるかも。ああくそ、どう説明したって柊にはわからないんだろうな。Ｄｏｍに支配されるってのが、Ｓｕｂにとってどんなに凄いコトなのか……！」

コマンドをくだされた瞬間、アオと繋がったという気がした。命令をこなして頭を撫でてもらっただけで、嬉しくて嬉しくてアオに抱きつきたくなった。延々と取って来いを強請《ねだ》る犬の気分がわかったような気さえした。

「アオが食べさせてくれたＴＫＧ、美味《うま》かったなあ……」

柊が溜息をつく。

『まあ、いいか。ファンなら主人のことをそれなりに大事にしてくれるだろうし』

「ん？　オレはアオに、『猫っ毛。』だってことを明かしてねーし、今後言う気もないぞ」

『どうして』

　圭人は子猫の顔をご機嫌でむにむにした。

「柊はたとえばオレが、今まで隠していたけれど実はあんたの好きな小説の作者なんだと言い出したら、信じられるか？」

『それは……無理かも』

「だろ？　打ち明けたところで冗談だって思われるのがオチだ。それに本人が目の前にいるって知らないで推しトークするアオ、アホ可愛かった」

　本人であることを明かしてないからこそ本心から褒めてくれているのだと信じられる。忌憚《きたん》のない感想も聞ける。

『圭人はさ、バレた時のこと、もうちょっと真面目に考えておいた方がいいんじゃない？』

「顔出しでもしない限りバレないって。声が同じなのにあいつ、疑いもしないんだぜ？」

　途中で本人だと気づいているのではないかと思って変なことを言ってしまったりもしたのに大丈夫だったのである。アオは相当に鈍い。

『それでもほどほどにしておきな。折角電話を貰《もら》ったからついでに言っておくけど。今進んでいるネイルのCMソングの仕事絡みで面白いオファーが来ている』

「いいぜ、請けて」

電話の向こうで小さく息を呑《の》んだのがわかった。

『……即答していいのか？』

「オレに話を回すってことは、柊はいいって思ったんだろ？　ならいいぜ。やる。『猫っ毛。』の露出が増えるとアオも喜びそうだし」

『あっ、あ――、そういう……』

柊は苦笑しているようだ。

「なんだよ」

『いや、やる気になってくれて嬉しいなと思って。僕も圭人の曲が好きだからね。もっと沢山仕事を受けて、世に知らしめたいと思っていたんだ。そういうことなら僕も本気を出していいかな』

圭人は元々、柊と組んで動画配信を始める気など毛頭なかった。バンドを始めた従兄弟が作った動画を見て、これなら自分の方がいいものを作れると思いやってみたものの思うようにいかず、誰か詳しい奴はいないかと探して初めて柊が動画や音楽を配信していることを知り、話があると呼び出して、録ってみたが音質が気に入らない、何を買えばいい、ハウツーまで教えてくれればこれだけ払うと偉そうに言って音源を聞かせた。柊はすぐにはうんと言わず、何やら考え込んでいたが、翌日改めて家に乗り込んで来ると金は要らないから以後のミキシングや動画編集は自分にやらせろ、マネジメントも任せて欲しいと言って持参した機材のセッティングを始めた。

何でだろうと思っていたが、柊は随分と圭人を買ってくれていたらしい。

「えーっと、お手柔らかに……？」

通話が切れると、圭人はみたらしにキスして床に下ろした。幸福な気分だった。

アオは歌を褒めそやしてくれた。初めて入った炬燵は出るのが躊躇われるほど居心地が良かったし、TKGはグロテスクな見た目に反して美味だった。そして死んでも厭だと思っていたプレイは――。

圭人はぶるっと軀を震わせる。

――ああだけど一つだけ引っかかった。アオがプレイ中に、圭人の跪く姿ってこれまで見たどのSubよりぐっとクるよ。と言ったことだ。

「つまりアオには他のSubとプレイをしたことがあるんだ」

しかも多分複数と。

DomはSubを必要とする生き物だ。国も早くパートナーを探すことを推奨している。当然ではあるのだけど――ムカついた。

「オレは初めてだったのに」

アオには欲求不満の解消を手伝ってもらっただけで、文句を言う立場にはないけれど。

胸がちくちく痛む。

＋　＋　＋

仕事を終えて帰宅した三津は目を疑った。圭人が玄関のひび割れたコンクリートの上に座り込んでスマホを弄《いじ》っていたからだ。

「圭人⁉」

驚いて声を掛けると、圭人がスマホに落としていた視線を上げる。

「遅い」

「ええっと、ごめん……？　いやでも約束なんかしてないよな？　あっ、もしかして、メッセージをくれていたとか？」

スマホを取り出してみたが、何の通知もない。

圭人が折り曲げていた足を伸ばして立ち上がった。もこもこボアの上着をだぼっと着こなした下にスキニーなブラックデニムを合わせているせいでただでさえ長い足が更に長く見えてモデルのようだ。

「くれてない。けど、これ」

圭人が足下の箱をスニーカーで軽く蹴る。朝、出勤した時点ではこんな箱はなかった。

「何、これ」

「炬燵にはミカン、なんだろ」

「え。もしかしてミカンを届けにきてくれたのか？」

圭人が顎を引く。どうやら圭人はミカンを一箱くれるためにこんなところで三津を待ち伏せていたらしい。

何でだと、三津は混乱した。昨日のプレイのお礼のつもりだろうか。だがそれならケーキを貰っている。

「嬉しいけど、そんな気を遣うなよ。こんなとこに座っていたんなら、尻が冷えたんじゃないか？」

鍵を開ける三津の横で、圭人が一つくしゃみをする。寒かったらしい。

玄関が開くと、三津はミカン箱の前にしゃがみ込み、バリバリ蓋を引っぺがした。なるほど美味そうなミカンがぎっしり入っている。

「とりあえずはありがとう。一応聞くけど、体調の方は？」

「問題ない」

そっちの用があったわけでもないらしい。三津はミカンを左腕で持てるだけ持つと、段ボール箱の蓋を閉めて立ち上がった。圭人を見ると、ポケットに手を突っ込み三津を見下ろしている。用は済んだろうに、帰ろうとする様子はない。

「あー、折角だ。炬燵でミカンを味わっていけよ」

主人は待ってましたとばかりに頷いた。

＋　＋　＋

主人が『猫っ毛。』という名で曲を発表し始めてすぐ、仕事のオファーが来た。ちょっと――いやかなり嬉しかったものの、何かおかしい。よくよく話を聞いてみたら、『曲を使ってもらえるだけありがたいと思え』とばかりの態度で、不利な条件での契約を結ばされそうになった。オファーが来たことに舞い上がり、次いつこんなチャンスが来るかわからないからと受けてしまう者もいるらしいが、主人は好きな曲を楽しく作って誰かに聞いて貰えればいいだけ。悪徳業者に搾取されてまで頑張る気はない。一蹴したものの、この一件で主人は音楽ビジネスというものを斜に見るようになってしまった。

少しでも気に入らないことがあるとあーじゃーもーいーですと断ってしまう。柊にはいい話まで断るなと怒られたが、他人にあーだこーだ言われつつ曲作りしてもつまんないし、自己顕示欲はネット配信で十分満たされている。どんなに柊にせっつかれても大きな仕事が来てもメジャーからの誘いが来てものらりくらり躱《かわ》してきたのだが。

心底好きそうに『猫っ毛。』について語るアオを見てから、圭人は積極的に仕事を請け始めた。動画の更新にも力を入れた。

編集や加工は柊がやってくれるとはいえ、内容を決めて撮影し、多くの人の目に留まるようタイトルを考えてテロップを入れて画像を加工して等々、動画一本仕上げるには多大な労力を要する。圭人には定期的に、自分はどうしようもない駄作を量産しているだけなのでは？　という不安に駆られる悪癖があり、そのせいで更新が滞ることもままあったのだが、アオに出会ってからは迷って時間を無駄にすることがなくなった。アオは必ず圭人が投稿した動画を見ているし、圭人に布教するつもりかここが好き、あそこがよかったと感想を聞かせてくれるのだ。

そうやって圭人に自信を注入してくれるアオもまた圭人の動画によって元気をもらっているらしい。永久機関の完成だ。

新着メールがあることを告げる電子音がしたのでメーラーを開くと、柊からだった。新しい仕事が入ったらしい。

「ええっと、ＣＭ出演？」

圭人は小さく舌打ちする。これまでずっと打ち合わせも会議もオンラインオンリーの上に狐面をつけて臨んでいた圭人が、仕事に本気を出すなら打ち合わせにも素顔で直接出向くべきであろうと方向転換した途端にこれである。『猫っ毛。』がその辺のモデルや俳優に負けない美貌を持つことを知った先方が歌だけでなく顔も利用しようと色気を出し始めたのだ。

「CM出演なんかするわけねーだろ。親バレ必至だっつーの」

顔出しなしなら考えないでもないと上から目線で打ち込み送信ボタンを押そうとしたところで圭人は手を止め、少し考えてから先日アオから聞いた感想を追記した。参考になるだろうと思ったのだ。送信し、さて作業の続きをするかと画面を切り替えたところで、今度は電話が鳴る。

「どした、柊?」

『こんにちは、圭人。アオの感想をありがとう。参考になるよ』

圭人はにんまりと相好を崩す。

「な？　正体をバラさなくてよかっただろ？」

『その件についての返事は保留にしておく。それより必ず伝えるよう言われたから一応伝えておくけど、E社の鈴木《すずき》さまから親睦を深めたいと食事の誘いが来ている』

圭人は頬を引《ひ》き攣《つ》らせた。

「オレが売っているのは曲でオレ自身じゃねえっつーの」

柊も端《はな》から了承するとは思っていない。話はスムーズに進む。

『多忙を理由に断るということでいいか？』

「もちろん」

通話が終わると主人は小さく息を吐いた。やけに静かだ。立ち上がってカーテンを少し捲ってみると、ちょうど夜が明けようとしていた。夕食を食べてすぐ部屋に籠もったから十時間ぶっ通しで作業していたことになる。そう気がつくと急に頭の芯が滲《にじ》むような疲れを感じた。

アオの家に行きたいなと思う。炬燵で丸くなってうたた寝したらどんなに気持ちいいだろう。だがさすがに他人の家を訪ねるには早すぎる。行くなら三津が仕事を終えて帰ってきた頃だ。気遣っているようでアオの都合など微塵《みじん》も考えることなく手土産は何がいいだろうと考えながら、主人は仮眠を取るため寝室に向かう。

＋　＋　＋

三津は困惑していた。

家でプレイをしてから、主人が頻々と遊びにくるようになったのだ。

一番最初はミカンを一箱手土産にやってきて、二時間ほど炬燵でうだうだしたら帰っていった。二回目はその三日後で、気がつくとスマホに主人からのメッセージが入っていた。

——龍神亭《りゅうじんてい》の海鮮丼、食う？

職場であるにも拘《かか》わらず思わず声に出して突っ込んでしまった三津は、トイレに移動すると改めてメッセージを見直した。

「ちょっと待て」

龍神亭の海鮮丼もスイーツスイーツのケーキ同様、『猫っ毛。』の配信に登場したことのあるアイテムだった。ゲーム実況の途中、腹が減ったという『癖っ毛。』に『猫っ毛。』が出してやったのだ。失礼かもと思いつつ検索してみて、三津は口元を押さえる。

ウニだのイクラだのカニだのが零《こぼ》れんばかりに載ったビジュアルから予想はついていたが、素敵なお値段だ。しかも龍神亭があるのは北海道《ほっかいどう》。道外に支店はない。

一応財布の中身を確認してから食うとレスすると、何時に行けばいい？　と帰ってきた。三津の家で一緒に食べるつもりなのだ。

夜。主人は時刻通りに三津の家に現れ、海鮮丼を一緒に食べていった。代金を払おうとしたらTKGの礼だと言う。海老で鯛《たい》を釣ったどころの話ではない。ミカンが礼だったのではないかと聞いたら、あれは炬燵の使用料だと言われた。なんとなくまた来そうだと思っていたら、果たして二日後には本場のスコーンとクロテッドクリームを、更に三日後には高級食パンを携えてきた。今度は自分がおやつに食べたかったから持ってきたのだという。

それからも別にプレイするわけでもないのに手土産片手にやってくる。年末だろうが正月だろうがおかまいなしだ。まあ、三津も家族とは疎遠になっていて年末だろうが正月だろうが関係ないので、いいといえばいいのだが。

――いやでも何でだ……？？

学生の頃は何人ものダチが家に入り浸っていたが、圭人とはまだそんなに親しくないし、そういうつき合いでもない。それとも圭人は三津のマブダチになったつもりでいるのだろうか。もやもやするが、まあいい。厭なわけではないし、好みの顔の男がネギを背負ってやってきてくれるのである。むしろ大歓迎だ。水を差す必要はない。

要は野良猫だと思えばいいのだ。気まぐれにやってきて縁側で昼寝をし、満足すると帰ってしまう美猫。猫の行動など理解できなくて当たり前なのだから気にせず愛《め》でればそれでいい。

――とはいえ。

三が日が明けたばかりだというのにやってきた圭人に今年もよろしくとひょいと渡された紙袋の中を見た三津は喉を鳴らした。京都でしか手に入らないはずの和菓子が入っていた。

「気のせいかな。圭人が持ってきてくれるものって、『猫っ毛。』さんの動画に登場したものばかりな気がするんだが」

そう。スコーンも食パンも、三津が知っているものばかりだった。

「これって偶然か？　それともやっぱりわざとなのか？」

いそいそと炬燵に入ってミカンを盛った籠をたぐり寄せようとしていた圭人は黒のハイネッ

クにスカジャンというスタイルだ。チンピラのような服装もこの男が着ると、ランウェイだって歩けそうなくらいスタイリッシュに見える。

「偶然でここまで被るわけないだろ」

「……ええっと、じゃあ、どうして――」

「どうしてって、アオが喜ぶと思って……」

ふと考え込むような顔をした圭人の眉根が寄せられた。

「もしかして、別に嬉しくなかったのかよ」

「そんなことないぞ。凄く嬉しかった」

慌ててアリガトウを言いつつ、三津はぐらつく心を立て直そうとする。

圭人は三津に好意を抱いているわけじゃない。それは前回プレイした後、不調が再開するまで連絡もくれなかったことからも明らかだ。

色々貢いでくれるのは、きっと柊に何か言われたから。あるいは、二度目のプレイでＤｏｍのありがたさが身に染みたからだ。

他意はないとわかっていても、三津が欲しがるであろうものを知るために別にファンでもないのに『猫っ毛。』さんの動画をチェックしてくれたのかと思うと、とすとすと胸に刺さるものがあった。

三津はやけにどくどくと脈打つ首筋を手の甲で擦る。

「ありがとう。そうだ、今日の晩飯、鍋にしようと思ってたんだけど、食べていかないか？」

「いいのか⁉」

圭人の目が輝いた。圭人は時々小学生のような食いつきの良さを見せる。

「そのミカン食い終わったらスーパーに買い物に行こう」

「行く！」

三分の一ほど残っていたミカンを全部口の中に突っ込むと、圭人は脱いだばかりのスカジャンに袖を通した。

仕事から帰ってきたばかりなので三津はまだワイシャツに緩めたネクタイを引っ掛けている。カーディガンの上にモッズコートを引っ掛けて、折りたたんだエコバッグをポケットに入れさえすれば準備完了。夜道をぶらぶら歩いて二十四時間営業のスーパーマーケットへと向かう。

「まず、長ネギは必須だよな」

「へえ。これが長ネギ」

三津が籠に入れた長ネギを、圭人はしげしげと眺める。

「……ん？　もしかしてみたことがないのか？」

「切る前の五体満足な形ではない。本当に漫画に出てくる通りの形をしているんだな」

「漫画って」

突っ込みを入れると横からも吹き出す声が聞こえた。キノコを吟味していたＯＬにも聞こえたらしい。OLは主人の顔をちらっと見て——二度見する。そうだろう、そうだろう。この男はちょっとびっくりするくらい綺麗なのだ。

通る人通る人、主人の顔に気がつくと、似たような反応をする。だが主人はまったく気にしない。多分、こういった反応に慣れきっているのだ。

キノコやマロニーを籠に追加した三津は主人と二人でずらりと鍋つゆが並ぶ棚の前に立った。どれでも好きなものを選んでいいと言うと、主人が一つ一つ手に取り説明文を熟読し始める。決まるのを待っていると、声を掛けられた。

「おや、三津じゃないか」

「室長？　お疲れさまです。残業ですか？」

冷蔵コーナーからプリンを手に現れた上司に三津は軽く会釈する。三津の家は職場から徒歩五分。行きつけのスーパーも当然職場から近く、買い物途中で同僚に会うのは珍しいことではない。

「いやもう帰るところだ。三津は夕飯の買い出しか」

「ええ。これから友達と鍋なんです。主人」

鍋つゆの元を手に持った主人が振り返ったが表情が硬い。

初対面の都築を全身で警戒している。そういえばと三津は思い出す。初対面の時の主人は取りつく島もなかった。単に性格が悪いのだと思っていたが、今思えばあれは人見知りを発動していたのだろう。

今も主人は無愛想であまり笑わないが、こうやって見ると出会った頃に比べれば格段に表情が柔らかくなっている。

思わぬ発見にほっこりした三津は主人の肩に片手を乗せた。

「室長、これが鍋をやる友達です。主人、この方は俺の上司。既婚者だからそんなに警戒する必要はないよ」

言い寄られる心配がないとわかると主人は表情をやわらげた。ようやく都築を見て、会釈する。

「おや。もしかして、彼はご本尊か？」

「ご本尊？」

「『猫っ毛。』本人」

主人が固まった。

「ん？　名前が違ったか？　何だっけほら、三津が以前見せてくれた動画で歌っていた彼」

ははは、と三津は笑おうとする。

「『猫っ毛。』であってますけど、こんなところに『猫っ毛。』さんがいるわけないじゃないですか」

「本当に？　体格も口元のあたりもそっくりだぞ？」

三津は改めて主人を見る。確かに似ていた。声も、時々話し方もそっくりだ。

だが、そんなことがあるわけがなかった。『猫っ毛。』はこんなに無愛想でも変人でもない。

それにもし主人がそうだとしたら、三津は『猫っ毛。』とプレイをして――コマンドを出して――跪かせていたことになる。

この俺が？　『猫っ毛。』さんを⁉　――そんなの、冒瀆《ぼうとく》だ！

それに『猫っ毛。』はＮｅｕｔｒａｌかＤｏｍのはずだ。

「オ、オレが『猫っ毛。』なわけないだろ。他人のそら似だ」

心なしか顔色の悪い主人の言葉に、三津はほっとする。本人がこう言っているのだ。主人が『猫っ毛。』であるわけない。

「ほう？　話し方や声質も同じなのにか？」

だが、都築に底意地の悪い笑みを向けられるとまた心が揺らいだ。

なぜ主人は狼狽えているんだ⁉

「え――とあ――、そ、そうだ、実はオレには双子の兄弟がいて」

三津は目を見開いた。

「双子の兄弟……？　主人は『猫っ毛。』さんと兄弟だったのか⁉」

主人が気まずそうに頷く。

なるほど、それなら納得だ。双子の兄弟だから主人はこんなにも『猫っ毛。』に似ていたのだ！

「何だよもー。そういうことはもっと早く教えろよー」

脇腹を肘でぐりぐりすると、圭人は厭そうな顔をして逃げた。

「うるせーなっ。『猫っ毛。』はその、そう、オレとは仲が悪いんだっ」

なるほどなるほど。三津にも口すら利いてくれない弟がいる。圭人の複雑な気持ちはよくわかる。

何も知らない三津に仲の良くない兄弟の動画を見せられたり推しトークを聞かされたりしている間、圭人は随分と居心地悪い思いをしていたに違いない。

「そっかそっか。ごめんな、仲が悪いのに『猫っ毛。』さんの話ばかりして。これからは言わないように——いや少しは控えめに——ええとまあ、一応配慮するようにするよ。でも、圭人は『猫っ毛。』さんのどこが気に食わないんだ？　あんなに才能豊かで感じもいいのに」

圭人は鳩《はと》が豆鉄砲を食ったような顔をした。

「初めて感じがいいなんて言われたぜ。アオ、目、腐ってないか？」

「ああ？　目が腐っているのは圭人の方だろ。懐いている猫ちゃん見ていてもわかるだろうが、『猫っ毛。』さんがいい人だってことは」

『猫っ毛。』を悪く言われては黙ってはいられない。理路整然と言い返すと、圭人がたじたじとなる。

「うっ、いや、でも、あいつ、ウチじゃくそみそに言われてんだぜ？　定職につかず、いつまでも何してんだとか。さっさと現実を見据えろとか」

流れ弾を食らった三津は圭人の肩に体重を掛けた。

施設に勤めるＳｕｂやＤｏｍは非常勤。つまり外から見れば三津も落ち着いているとはとても言えないオトナだったからだ。

「それに、才能なんて本当にあるのかよ。『ぬくもり』がヒットしたのはきっとたまたまだ。殿堂入りしたのだって猫のおかげだって言われてる」

「兄弟なのに疑うな。『猫っ毛。』さんには才能がある」

三津に即答され、圭人は視線を揺らした。

「んでそんなコト言い切れるんだよ、他の曲は鳴かず飛ばずなのに」

「それは『ぬくもり』に比べてだろう？　そもそも才能のない奴に主題歌の仕事が来ると思うか？　肝心のアニメやドラマがぱっとしないから撥《は》ねないだけで、『猫っ毛。』さんは絶対近いうちにスターダムに駆け上がってくる。今は嵐の前の静けさって奴だ。そのうち日本だけでなく世界が『猫っ毛。』さんを知るようになる」

「……っ」

「そうそう、猫の鳴き声を曲に入れ込んだりＭＶに必ず猫を出すのがあざといとか曲で勝負してないとか叩く連中がいることは知ってるけど、俺に言わせればあざとくて何が悪い！　だ。

猫を飼うだけの余裕がない俺的にはサービスショットは至高の一時だし、『猫っ毛。』さんの歌声は聞いていて気持ちがいい。俺はもう、『猫っ毛。』さんｗｉｔｈ子猫ちゃんずなしではいられないし、他の皆も言ったら炎上するかもしれないから黙っているだけで、外野があーだこーだ言うなてめーのせーで白玉ちゃん見られなくなったらどうするんだと思ってる。いいか？　聞く側は高尚な世迷い言なんかどうでもいいんだ。音楽だろーが動画だろーがエンタメコンテンツなんだから、大事なのはどれだけ多くの人を幸せな気分に出来たかだ。余計なことを言うアホどもは、その辺のことを完璧にわかっている『猫っ毛。』さんに嫉妬しているんだ」

「そう……なのか……？」

「間違いない。俺は気分を上げたい朝は必ず聞くくらいには『猫っ毛。』さんの曲が好きだ。そういう人は他にもたくさんいると思う。圭人も、くだらない書き込みに振り回されてないで自分の感覚に従ったらどうだ？『猫っ毛。』さんの歌を聞いて、圭人はどう思った？　好きか？　それとも嫌いか？」

「オレは」

主人が目を逸らしたので、三津は買い物籠を置き、高い位置にある主人の頬を摑《つか》んで自分の方を向かせた。見開かれたカラメル色の瞳を見て、好きだなあと改めて思う。

「俺は？」

「オレは……好き、かも」

ほら、やっぱり。『猫っ毛。』は最高なのだ。

にやにやしていると、胸の前で腕を組んだ都築に白けた顔で指摘された。

「三津。公衆の面前でラブシーンを繰り広げるのはどうかと思うぞ」

はっとして見回すと、周りの買い物客がさっと目を逸らす。

「室長。これ、別にラブシーンじゃないんですけど」

「そうか？　お互いにお互いしか目に入っていないようだったがな。いいじゃないか、大好きな『猫っ毛。』さんそっくりなんだ。推しとつき合っている気分が味わえて楽しそうだ」

三津はぎょっとした。主人の前で何てことを言うのだろう。それではまるで、『猫っ毛。』に似ているから主人とつき合おうとしているみたいではないか。

「確かに似てますけど、こいつは『猫っ毛。』さんとまるで違いますから。いいですか？『猫っ毛。』さんは眼鏡を掛けていますけどこいつは掛けてません。『猫っ毛。』さんは流暢《りゅうちょう》な日本語を喋るけれど、こいつは反抗期の男子高生のようなぶっきらぼうな喋り方しかできないし、更に『猫っ毛。』さんは陽キャなのにこいつは見ての通り無愛想で――」

「おい」

ぺしんと気の抜けた音が上がった。主人が三津の手を払い落としたのだ。

都築が噴き出す。

「なるほど、納得したよ。確かに彼は『猫っ毛。』とはまるで違うな」

「いい加減にしろよ。オレは――」

何か言いかけた主人が弾かれたように振り返った。

「どうした」

そのまま一点を見つめる主人に戸惑う都築へ、三津が教える。

「グレアです」

どこにＳｕｂがいるかわからない公共の場だというのに、強烈なグレアを放っているＤｏｍがいる。しかも、ごく近くで。

「ちょっと見てきます。主人はここで待っていてくれ」

三津は籠を主人に渡すと、大股にレジへと向かった。夜だということもあり、レジには一組の男女しかいなかった。ダイナミクスが発現したばかりであろう高校生くらいの少女と、その腕を摑んでいる中年男だ。

少女の顔色が青白い。多分、ドロップしかかっている。だが、店員は素知らぬ顔でレジを打っていた。多分、Ｎｅｕｔｒａｌでグレアを感知出来ないのだ。

三津はわざと声を張り上げた。

「おいおまえ、グレアを放つのを止めろ。その子を殺す気か？」

レジ周りにいた数人の店員や客が驚き辺りを見回す。

「グレア？」

「Ｄｏｍがいるのか?」

中年男はぎくりとしたものの、怯《ひる》むどころか三津を睨《にら》みつけた。グレアが更に強まり、耐えきれなくなった少女がカウンターに縋《すが》りつくようにして頽《くずお》れる。

対応していた店員が悲鳴を上げた。

「止めろと言ったのに、なぜ強める！　誰か警察を呼んでくれ！」

三津はレジに向かって突進する。逃げようと思ったのか、中年男が脱臼しかねない勢いで少女の腕を引っ張った。意識が飛びかけているのか、少女がとても清潔とは言えない床へと倒れ込む。

床に打ちつけられた頭が立てたごつんという鈍い音に、三津はぶち切れた。

——Ｄｏｍは、嫌いだ。

押さえ込んでいたグレアを解放する。

何も感じないはずのＮｅｕｔｒａｌたちがよろめいた。中年男が突き飛ばされたかのようにつまずき、壁に激突する。

三津が中年男を床へ捻じ伏せ拘束するものを探して辺りを見回したところで主人がレジを抜けてきた。

「手伝う」

一瞬だけ、三津はどう返事をしようか迷った。

コマンドが効かないということはグレアの影響も受けにくいのだろうが、主人はＳｕｂだ。プレイ以外でグレアなど浴びないに越したことはない。離れた場所で待機していた方がいい。だから残れと言ったのだが、追いかけてきた主人は中年男のグレアにも三津のグレアにも影響を受けていないようだった。

不安はあったが、手が足りない。結局三津は中年男を主人に任せることにした。

「頼む。警察が来るまで押さえているだけでいい」

都築はレジの向こう側でどこかに電話を掛けている。警察に通報してくれているのかもしれない。

三津は蹲っている少女に歩み寄ると、しゃがみ込んで顔を覗き込んだ。

少女の目は虚《うつ》ろだった。ドロップしている。必死に話し掛ける店員の声も聞こえていないようだ。だがもちろん、三津《Dom》なら言葉を届かせることができる。

三津は声に少しだけグレアを乗せた。

「《俺を見て《Look》》」

びくんっと細い肩が震える。黒い瞳がぐるんと動き、三津を映した。

「《教えて《Say》》。気分は？」

今にも消え入りそうな声で、少女は質問に答える。

「さむい……はきそう……」

よし。

「《グッガール《Good girl》》！　つらいだろうに、良く教えてくれた」

少女の睫毛《まつげ》が震える。汚れてしまったダッフルコートの背に腕を回し、三津は少女を起こしてやった。一瞬だけ、後でセクハラで訴えられるかもしれないという考えが頭を過ったものの、ままよと少女をハグする。

背中をぽんぽん叩きながら、頑張ったなと褒めると、少女は喉を震わせ泣き始めた。か細い声が徐々に大きくなってゆく。戻ってきたのだ。中年男によって突き落とされた深淵《しんえん》から。

だが、これで一件落着とはならなかった。

「おい、どうしたんだよ。まだ放すな！」

都築の声に視線を向けると、圭人が立ち上がっていた。中年男を押さえていたことなど忘れたかのように三津を見ている。当然拘束から解放された中年男が這《は》いずり逃げ出した。

「圭人っ！　——すみません、室長っ」

「任せろ」

通話を終えた都築が、酔っ払いのようにふらつきながらも立ち上がり開いた自動ドアを通り抜けようとしていた中年男の足を払いねじ伏せる。女性だが都築は若い頃やんちゃしていたらしく、結構な武闘派なのだ。

雲を踏むような足取りで三津の前まで来た圭人は崩れ落ちるように膝を突いた。がつっと痛そうな音がして、三津は思わず少女の背を叩いていた手を圭人へ伸ばす。

「圭人？」

その手が圭人に摑まれた。

「ちょっ、圭人っ！　痛ッた、痛い、折れるって！」

力一杯手を握られる痛みに、三津は悲鳴を上げる。反射的に引き抜こうとしたけれど抜けない。本気で振り払おうとしたら、更に握力が高まった。

「圭人！」

「何で」

そう掠れた声で言うと、圭人は三津を睨みつけた。

「何でだよ……。あんたはオレのＤｏｍだろう⁉　オレ以外の奴にコマンドを出したりするなよ……！」

三津ははっとした。思い切り手を引いて圭人から奪い返すと、少女を片腕で抱き直し、もう一方の腕で圭人を抱え込む。

「ごめん」

仕事で毎日誰彼構わずプレイしていたせいで、忘れていた。普通のＤｏｍは特定の相手としかプレイしないということを。

首輪をあげたりパートナーになるならないの話をしていなくても、圭人は三津としかプレイしたことがないし、できない。主人が三津を『自分のＤｏｍ』だと認識していたところで何の不思議もない。

　つまり今の三津は、恋人の前で他の女の子に粉をかけるクソヤロウだった。そして主人はたとえ傷ついた女の子を助けるためでも三津が他のＳｕｂに触れるのが許せなくて嫉妬している。

　心臓がきゅんと鳴った。

　喜んでいる場合じゃないのに嬉しくて、全身の血管を歓喜が駆け巡り、気持ちが更に主人へと傾く。

　もちろん主人は三津を恋愛的な意味で好きなわけではない。ＳｕｂとしてＤｏｍを独占しようとしているだけ。わかっていても怒っている主人が可愛くて愛《いと》おしくて。

「ごめんな」

　三津は抱擁を緩め、主人と視線を合わせた。

「《待て《wait》》、主人。《待て《wait》》だ」

　少し強めにグレアを込めてコマンドを放つと主人の目蓋が痙攣《けいれん》し、カラメル色の瞳がひたむきな色を湛《たた》えて三津を見つめる。

　こんな場合だっていうのにぞくぞくした。

「いい子だ、主人。おまえは俺の一番大切なＳｕｂだ。でも、今この子を放り出したら大変なことになるってことはわかるな？　もう少しだけ我慢してくれ。ちゃんと『待て』できたら

「——後でご褒美をやる」

ご褒美という一言に主人の目がとろりと蕩《とろ》けた。

《どんなご褒美がいい?《Say》》というコマンドを放つ前に警察が到着して前戯のようなプレイは中断されてしまったけれど、主人は三津の望み通り常識的な振る舞いをしてくれた。

どうやら少女は学校からの帰り道に中年男に拉致《らち》されたらしかった。Ｄｏｍにグレアで威圧された上にコマンドで縛られればＳｕｂである少女に逃げることなどできない。Ｄｏｍによるこういった犯罪は増えつつあって問題視されているらしい。

事情聴取を受ける間も主人は大人しく待っていてくれたが、三津は早く帰ってご褒美をあげなければと気が気ではなかった。プレイという形に落とし込んだが、主人はケアが必要な状態にある。

すべてが終わって解放されると、三津は改めて主人に問いかけた。

「さて、随分と遅くなってしまったな。腹減っただろう? 今からじゃなんだし鍋はまた今度ってことにして、今日のところはその辺の居酒屋で腹ごしらえしないか?」

横を歩いていた主人が立ち止まる。気がついた三津が足を止めて振り返ると、主人は眉間に皺《しわ》を寄せていた。

「焦《じ》らす気か?」

拗《す》ねたように言われ、三津は苦笑する。

「そんなつもりで言ったんじゃないさ」

主人の手が、躊躇いつつも三津の手首と肘の間を摑んだ。

「早く二人きりになりたい」

プレイをしたいだけだとわかっていても、とすっと何かが胸に刺さった。

「……わかった」

主人に手を引かれるまま、ほてほてと家に帰る。鍵を開けて玄関に入ると、三津はスーパーの袋を足下に置いた。すぐ帰るつもりでつけっぱなしだった暖房のおかげで室内は暖かい。

靴を脱いで三歩進むと、三津はくるりと振り返って命じた。

「《跪いて》《Kneel》」

主人が硬い床に両膝を突く。

三津は天使の輪に囲まれたつむじを見下ろすと、狭苦しい台所の中、両手で主人の頰を包んだ。

「待ては終わりだ。よく我慢できたな。《いい子だ》《Good boy》」

主人の手が三津の腰を抱き、掌《てのひら》に頰が擦り寄せられる。

「────アオ」

感極まったかのように、はふ、と吐かれた息が熱い。

「アオ、アオ、アオ──」

「ご褒美は何がいい？《言ってみな《Say》》」

とろんとした目が三津を見上げた。

「二度とオレ以外のＳｕｂとプレイしないで欲しい……」

よりによってそう来るか。

三津は天井を振り仰ぐ。いいよと言ってやりたいが、無責任なことは言えない。

「ごめん、それはできない」

主人の指が膚に食い込んだ。

「痛っ、ちょっ、痛いって！」

「やっぱり。あんた、オレ以外にもＳｕｂがいるんだな」

「えっ」

「ちくしょう、どこの誰だよ！　アオはそいつのこと、オレより好きなのか？」

主人に胸ぐらを掴んで揺さぶられ、三津は目を白黒させる。

「誰って言われても……一々覚えてないからなあ」

「はあ⁉　あ……あんた、そんな最低野郎だったのか⁉」

自分の過去の所業は棚に置き、詰め寄る主人に、三津は溜息をついた。

「落ち着けよ。別に遊んでいるわけじゃない。仕事なんだ」

プレイの時は甘いばかりのカラメル色の目が細められる。

「仕事？」

「俺、ダイナミクス総合保健センターで働いているんだ。だから時々、担ぎ込まれたＳｕｂのケアとかを、な？」

「施設の……職員……」

呆《ほう》けたような顔をして固まってしまった主人の指を、三津は今だとばかりに解《ほど》いた。

「だから他のＳｕｂとプレイするなと言われても困る。悪いが、ご褒美は他のものにしてくれ」

主人はしばらく黙って三津を見つめていた。

悪いことなど何一つしてないのに、落ち着かない気分になる。

やがて主人は三津からついと視線を逸《そ》らすと立ち上がった。

「主人？」

「帰る」

「帰るって、ご褒美はどうするんだ？」

「次来る時までに考えとく」

買い物に出た時のまま。スカジャンは着ているし財布やスマホはポケットの中だし、スニーカーに足を突っ込みさえすれば帰れる。

「ちょっ、待……っ」

靴を履き始めた主人を慌てて引き留めようとしたら、乱暴に腕を振り払われた。

「……っ」

胃がきゅっと縮み上がり、喉の奥が締まる。

嫌われてしまったのだろうか。

命令すれば簡単に引き留められるのはわかっていたけれど、そんなことをしたら更に恐ろしい結果を引き起こしてしまいそうで。三津が立《た》ち竦《すく》んでいる間にバタンとドアが締まり、主人の姿は消えた。

＋　＋　＋

主人《けいと》は通されたミーティングルームで長すぎる足を投げ出して椅子に座っていた。

珍しくグレイのカラーシャツにスーツというきちんとした格好をしているが、顔が取り繕えていない。

「主人の仏頂面、久し振りに見るなあ。アオさんとおつき合い始めてからずっとご機嫌だったのに、喧嘩《けんか》でもした？」

主人は窓の外に見えるビルを睨《にら》みつけるのを止め、むすっとしていてもなお美しい顔を柊《しゅう》に向けた。

「……あいつ、とんでもないビッチだった」

スマホを弄《いじ》っていた柊が噴き出す。

「アオさんが、びっち」

「あいつ、オレ以外にもプレイしているＳｕｂ《サブ》がいたんだ。切れって言ったら、仕事だから無理だって。あいつ、ダイナミクス総合保健センターでＳｕｂのケアしてるらしい」

柊が持っていたスマホから顔を上げた。

「聞いたことがある。施設勤めのダイナミクス持ちは欲求不満のＳｕｂやＤｏｍ《ドム》の飢えを満たすため日々エロいご奉仕をしているって」

主人はいらいらとささくれをむしった。

普通ＳｕｂはＤｏｍにＳＭまがいのセックスを求めるものだという。別にそういうことをしたいわけではないが、アオが他のＳｕｂとそういうコトをしていると思っただけではらわたが煮えくりかえりそうだ。

「結婚する相手とダイナミクスのパートナーは別という人もいるというから、ＤｏｍとＳｕｂの関係は結構ドライなものだと思っていたけど、主人が怒り狂っているってことは、そうでもないのかな」

主人だって意外だった。アオには欲求不満さえ解消してもらえればそれでいいと思っていたのだ。

――何でだ？　アオは男で、美人でもないのに――いや、はにかんだように笑う顔は結構可《か》愛《わい》いと思ったけど――って何考えてんだオレは！

「どうしても自分だけにして欲しいんなら、ねだってみればいいんじゃないか？　首輪だっけ？　あれ、指輪みたいな意味があって、貰《もら》うとパートナーになれるんだろう？」

「首輪《カラー》……」

ずっと。Ｄｏｍに首輪を贈られるのがＳｕｂにとってどんなに幸せか、何回説明されても飼い犬扱いされるなんてごめんだとしか思えなかったのに、もしアオが首輪を贈ってくれたならと想像したらぶわっと全身の血が沸騰した。

欲しい。アオの首輪が。

主人は掌《てのひら》でうなじを擦《こす》る。何だか首がすーすーして落ち着かない。躯《からだ》がアオの首輪を欲しがっているのだ。

――何だよ、これ。

呆然《ぼうぜん》としていると、ノックの音がしてワンピース姿の女性がファイルを手に入ってきた。

「失礼します。本日はわざわざご足労いただき、ありがとうございます」

この日、主人たちは打ち合わせのため、某大手化粧品メーカーの本社ビルに来ていた。

長い黒髪をアップにし、いかにも仕事のできそうな女然としている彼女の名前は田中《たなか》という。元々『猫っ毛。』のファンだったらしい。彼女が同志を集めてプッシュしてくれたおかげで、この会社が大々的に発売した新しいネイルブランドのＣＭソングの話が主人に来たのだという。おまけに彼女たちが『猫っ毛。』はこれからもっとブレイクするに違いない、折角の機会を存分に活かすべきだと更にねじ込んでくれたお陰で、話は発売キャンペーンに絡めたコラボグッズの作成にライブ開催まで広がった。

「クリスマス商戦に合わせて発売したネイルですが、おかげさまで生産が追いつかない勢いで売れています。キャンペーンの応募券目当てに複数購入される方も多いみたいです」

「『猫っ毛。』はこれまでグッズ出したりライブ開いたりって活動をほとんどしてきませんでしたからね。ファンに飢餓感があるんですよ」

「そうかあ……？」

少しでも気に入らないことがあれば躊躇《ためら》いなく断っていたせいで、主人がこれまで手掛けた仕事は数えるほどだ。主人が思うに、『猫っ毛。』という名前を聞いてわかる人はまだほとんどいない。

だが、田中は主人の反応の鈍さが納得いかなかったらしく身を乗り出してきた。

「飢餓感！　本当にそうだと思います！　ライブチケットへの応募も多数に上ることが予想されており、映像配信をしたらどうかという声が上がっています。今日はそのご相談をしたいのと、内容について、以前申し上げたとおり基本的には『猫っ毛。』さんにお任せするつもりなのですが、上の方から折角ホワイトデーにぶつけるのだから一曲はラブソングを入れて欲しいという要望が出てまして」

「あー、ラブソングかー」

これまで『猫っ毛。』はラブソングを作ったことがない。要望に応えるには新曲が必要だ。

配信については本当に応募者が多数に上った場合のみ、応募者だけではなく誰でも無料で視聴出来るようにすると決まった。

「そういえばライブ会場ってどこなんですか?」

主人の質問に、田中と柊が目を見合わせる。

「何、今の反応」

これまで貰った書類には未定としか書かれていなかったが、よく考えたらおかしな話だった。既に一月である。ライブが行われるホワイトデーまでは二ヶ月半しかない。

「そのことについてなんですけど、今日、見学出来るそうなんで、見に行きませんか?」

どこの会場かは着いてのお楽しみです、と笑った田中は車を用意していた。

高速を降りた辺りから厭《いや》な予感がしていたが、コンサート会場を見た主人は絶句する。

「ここ、三千人以上入るよな……?」

柊は本気を出しさえすればトップアーティストになれると言うが、主人は今ひとつ自信がない。

ライブについても、絶対大丈夫だからもうちょっと強気に行こうと言う柊に、圭人がガラガラの空間を前に歌うのなんて絶対厭だと抵抗し、なかなか二回目を開催できずにいたのだ。

もちろん武道館《ぶどうかん》や東京《とうきょう》ドームには比べるべくもないけれど、百人も入らないようなところでしか演《や》ったことがない圭人にとって三千は無謀とも思える席数だ。

本当に俺がここで演るのか……？

こんな場所で演ると知ったら尻込みするであろうことを知っている柊がひっくり返せない時期になるまで黙っているよう田中に指示したに違いない。

「圭人、ビビったりしてないよね？」

田中と二人、腹が立つほど楽しそうな笑みを浮かべた柊に煽《あお》られて、圭人は反射的に言い返す。

「当然だろ」

できればもっと小さいところで演りたかったが、こうなっては仕方がない。

「最高のライブにしてやる」

しけたステージなどプライドが許さない。やれるだけやってやる。

――あざとくて何が悪い！

アオの言葉がふっと脳裏に浮かび、圭人は不敵な笑みを浮かべた。

思春期の頃の三津《みつ》は常に何かに腹を立てていた。

上がる消費税に悪くなる一方のじいちゃんの病状、いつお迎えが来るかわからないというのにろくに見舞いにも行こうとしない父と母と弟に、そんな家族にはすぐ懐いたのに自分には触らせてくれない子犬。今思えば、あの子犬は三津が無意識に放っていた剣呑《けんのん》な空気《グレア》を感じ取っていたのだろう。

＋　　＋　　＋

つんけんしていればトラブルが寄ってくるものである。

ちびのくせに平気で殴り合いの喧嘩をする三津を周囲も三津自身も持て余していたが、ダイナミクスの判定結果が届くと、そういうことだったのかと納得した。

三津が常に苛々《いらいら》しているのも恐ろしく好戦的なのもみんなＤｏｍだからだったのだと。

ダイナミクス証明書に同封されていたパンフレットに従いダイナミクス総合保健センターを訪れた三津は、専門医にすぐにでもプレイを試してみた方がいいと勧められ、その場でマッチングシートへ入力した。その頃にはもう自分より大きな男性への嗜好《しこう》を自覚していたが、性別希望欄にある『男性』を選ぶことには抵抗があって『どちらでもよい』にチェックを入れる。

案内された部屋で条件の合う相手が連れてこられるのを待っていたら、声が聞こえた。

――悲鳴？　いや、泣いている……？

多分、プレイをしているのだろうと思った。ＤｏｍとＳｕｂのプレイはそういうものだと聞いている。でも、まだ若い女の子の声はとても楽しんでいるようには聞こえない。

――うるさい。

Ｄｏｍはサディストだというが、三津はちっとも心躍ったりしなかった。無視しようとしても気になってイライラする。

――うるさいうるさい、うるさい！

胸の中でいつも燻《くすぶ》っていた凶暴な炎が燃え上がる。部屋を出れば声がどこから聞こえてきているのかすぐわかった。部屋の扉が細く開いていたからだ。

中を覗《のぞ》いてみると、吐き気を催すほど醜悪な光景が繰り広げられていた。

床に押さえつけられ泣いている女の子。血。グロテスクな男性器――。

三津の中で何かがぷつんと切れた。

もしかしたら合意の上のプレイなのかもしれないと頭の片隅で思ったもののもう己を止めることはできず、三津は無遠慮に扉を押し開いて何だてめえはと喚《わめ》く自分よりも大きく倍も年上の男をぶちのめした。

後で話を聞いてみたら、やはりあの行為は女の子が望んだものではなかったらしい。それでもＤｏｍの男は女の子に強請《ねだ》られたのだと言い張った。そうすればそれが真実になるかのように。

驚いたことに、騒ぎを聞きつけ駆けつけた職員も面倒くさそうな顔を隠そうとせず、Ｓｕｂが暴力を振るわれたぐらいで騒ぐなんてと言わんばかりの態度を取った。

――ふざけんな。

正義の味方を気取るつもりはない。ただむかついて三津はこの男も殴った。騒ぎは更に大きくなったが、最終的に罰されたのは女の子に乱暴したＤｏｍとプレイが安全に行われているか監視するのが役目だった職員だった。

この一件以来、三津は鈍感で傲慢で無神経なＤｏｍが大嫌いになった。自分もあいつらと同じＤｏｍだと思うだけで、反吐が出そうだ。

せめて自分はああいう独りよがりな人間にはならないよう気をつけたけれど、思う通りの人間になれている自信はない。三津が軽蔑するＤｏｍは皆、自分が酷《ひど》いことをしているということにさえ気づいていなかったのだ。

――俺も自分では気づかないだけで、あいつらと同じようなことをしているのかもしれないと思いつつも精一杯優しく接するよう心がけた結果、プレイの相手をしてくれるＳｕｂの女の子――どちらでもよいにチェックしたのに、男性とマッチングできたことはなかった――にしょっちゅう正式なパートナーになって欲しいと申し入れられるようになってしまった。困ったことに、女の子たちは恋人としての関係も三津に期待していた。

変に期待を持たせないよう同じ子とは二度とプレイしないようにしたら、三津をよく思わない職員たち——最初の一件以後も三津は、不審に感じたことにはずかずか踏み込んでいって遠慮なくことを荒立てたし、Ｓｕｂにふざけた態度を取る職員にも黙ってはいなかったからだ——にスケコマシだの百人斬りを目指しているのかだのと陰口を叩《たた》かれたが、三津は気にしなかった。理解してくれる人もいたからだ。都築《つづき》だ。

——三津。私は施設の職員というものは君のようであらねばならないと思っている。ＳｕｂにもＤｏｍにも等しく敬意を払い、その地位向上のために邁進《まいしん》するような人だ。だが現実には、偏見に凝り固まり、差別意識を持っている者も多い。

都築にそう声を掛けられたのは、三津がまだ大学に通っていた頃だった。

——君、ここで働いてみないか。君のような子は意識の低い職員たちへのいい刺激になると思うんだ。

施設は魅力的な就職口とはとても言えなかったが、三津はこの話を受けた。

多分、三津にとって天職だったのだろう。仕事となると毎日何人もとプレイしなければならず苦痛に思う者も多いらしいが、三津は好みの相手《オトコ》とできないからかどれだけやっても飢餓感が消えず、幾らでも数をこなすことができた。どんなに深くドロップしたＳｕｂでも救い上げられる器用さもある。現状に満足すべきだったのだろうけれど、三津の胸の奥では常に何かが燻っていた。

——欲しい。

——心から好きだと思えるパートナーが欲しい。もし俺だけの特別な誰かに跪《ひざまず》いて貰えて、頭の天辺《てっぺん》から爪先まで彼我の境目がわからなくなるほど支配できたなら、この飢えは消えるのではないだろうか……。

とはいえ三津は、欲しいものを得られることはないのだろうと思っていた。三津はＤｏｍだ。しかも男。男で三津好みの長身を持つＳｕｂなどそうそういない。更に三津が好みだと言ってくれる確率など何億分の一もない。奇跡が起きてプレイに挑めたとしても、三津の方がまた『駄目』な可能性もある。

望んでいたはずの行為に嫌悪を覚えた瞬間の絶望を思い出し、三津はぶるりと身震いした。

——誰のことも好きになんかならない方がいい。好きになるなら、『猫っ毛。』さんのように手が届かないくらい遠くにいる人にしておくべきだ。

「わかっていた、はずだったんだがなあ……」

三津は何の通知も表示されていないスマホを見て溜息《ためいき》をつく。

＋
＋
＋

比較的暇な平日の昼下がり。三津がデスクに突っ伏していると、子持ちとは思えないほど引き締まった肉体にマニッシュなパンツスーツを纏《まと》った都築と一緒に近所のコーヒースタンドに出掛けて、山のようにホイップクリームの盛られたドリンクを手に帰ってきた山田《やまだ》がちょっかいを出してきた。

「先輩、どうしたんすかー?」

三津が顔に掛かる前髪の隙間から山田を見上げる。

「別に」

「またまたー。ここ最近先輩が元気ないのに皆、気づいてるんですよ。何かあったんですか?俺で良ければ相談に乗りますよ?」

ちらりとスマホへ目を遣《や》ってから三津は軀を起こした。

「実はこのところ、プライベートで会っているＳｕｂがいたんだが」

「おお!?」

山田が近くにあった椅子を引いて腰を据える。コーヒーとオートミールクッキーを自分の席に置いた都築も、三津の話に興味津々だ。

「プレイしている時に、自分以外のＳｕｂとはプレイしないで欲しいって言われて」

「やったじゃないですか！」

山田のテンションは爆上がりだ。ＤｏｍとＳｕｂの間においてこの言葉はプロポーズに等しいからだ。

「でも、仕事だしそれは無理って言ったら連絡が来なくなった」

二人の視線がみるみるうちに冷たくなった。

「先輩、何やってんすか？」

山田の突っ込みに、三津は頭を抱える。

「本当に何やってんだろう。でも、ここに来るＳｕｂは俺を必要としているんだし、よしわかったなんて安請け合いするわけにはいかないだろ？」

都築の手元でぱき、と小気味よい音が上がった。透明なパッケージの中、大きなオートミールクッキーが食べやすい大きさに割られてゆく。

「責任感が強いのは結構なことだが、ウチに勤めているＳｕｂやＤｏｍが非常勤なのはパートナーができた時に辞めやすいようにだぞ？」

「え、何でですか？」

鼻の頭にクリームをつけた山田に三津は教えてやる。

「俺たちの仕事が風俗みたいに思われてるからだ」

　三津はこの仕事に誇りを持っているが、家族は三津が仕事の話をすると口を噤《つぐ》んでしまう。弟に至ってはいつまでそんな仕事をしている気かと突っかかってきたことさえある。かねてより溝のあった家族とすっかり疎遠になったのは、この仕事のお陰だ。

「ＤｏｍもＳｕｂもパートナーができたら施設を辞める……というより、パートナーが厭がるから辞めざるを得なくなるんだ」

「えっ、じゃあその人とうまくいったら、先輩、ここ辞めちゃうかもしれないんスか⁉」

　永遠に三津に難しい案件の対処をして貰えると思っていたのだろう。山田は愕然《がくぜん》としている。

「そ。だからって、うまくいかないことを祈ったりするなよ？」

　うまくいったら、か。

　二人ともなんだかんだ言ってうまくいくのだろうと思っているようだが、三津が欲しいのがパートナー兼恋人なのに対し圭人の望みは単なるパートナーと、まるで嚙《か》み合っていなかった。どちらかが妥協をしなければならないが、ゲイでもないのに男にセックスを求められるなんて地獄だろうし、超好みの男を前にお預けを食らわされ続けるのだってつらい。

　……本当につらい。現時点で既にもう、泣きが入りそうだ。

　幸運なことに圭人は他のＤｏｍとプレイできない。つまり不満があっても定期的に三津の元へ来ざるを得ないけれど。

　三津は再びスマホを確認する。

前のプレイからもう三週間近く経《た》っていた。ろくなプレイができなかったから前回より早く不調が出る筈《はず》なのに、主人からはいまだに何の音沙汰もない。

ふっと不安が胸に兆す。主人は三津に会いたくなくて不調が出ても我慢しているのだろうか？　それもよくないが、もし主人が他のＤｏｍとプレイできるようになっていたらと考えてしまい、三津のみぞおちのあたりに重苦しいものが凝《こご》った。

確かに出会った時、主人に他のＤｏｍのコマンドは効かなかったのかもしれない。でも、今もそうなのだろうか？　主人は三津とプレイした。グレアに酔い、コマンドに従う快楽を知った。謂《い》わば道ができてしまった今、他のＤｏｍのコマンドも効くようになった、なんてことはないだろうか。

もし主人が他のＤｏｍのものになってしまっていたら。もし――。

「祈ったりしませんからッ！　先輩、グレアを止めてくださいっ」

「え」

叫ぶような声に我に返ると、すぐ傍《そば》でドリンクを啜《すす》っていたはずの山田がデスクの陰に隠れていた。廊下の方から騒ぐ声も聞こえている。無意識にグレアを放っていたらしい。こんなことは初めてだ。

抑えが効かなくなっている。

他のＳｕｂ――将来仕事で割り当てられる顔も知らない連中だが――も切れないのに会いたい

いという資格などないと思ってただ連絡がくるのを待っていたが、このままでは仕事に支障が出そうだ。家に帰ったら主人に電話してみようと決め、定時になると同時に退勤した三津が何て言おうか考えながら帰宅すると、家の前に何かいた。

主人だ。足下に結構な荷物を置き、門の横にしゃがみ込んでいる。捨てられた子猫のように寄る辺ない長軀《ちょうく》に心がざわめいた。

「主人？」

長い指が鼻まで覆っていたマフラーを引き下ろす。

「あー、その……ええと」

三津の目を見られず、俯《うつむ》いてしまった主人がひどく愛《いと》おしく感じられ、三津は微笑《ほほえ》んだ。

「前のプレイから間が空《あ》いたせいで具合が悪くなってしまったんだろ。入れよ」

「ちょい待て」

「主人？」

主人は俯いたままぼそぼそ告げる。

「やっぱりオレ、あんたには他のＳｕｂとプレイして欲しくない。でも、あんたがどうしてもって言うんなら、仕方がないから我慢する。……本当は凄《すご》く厭だけど」

とすっ。

三津は手を伸ばすと、随分と高い位置にある頭を撫《な》でた。主人は厭がるどころか、もっと撫でろとばかりに自分から頭を押しつけてくる。

「あと、ご褒美についてはまだ保留にしといていいか？」

「もちろん。とにかく《中に入って《Come》》」

うっかり声にグレアを乗せてしまう。ごめんと言いかけ主人の目を見てしまった三津は、喉を鳴らした。

甘いカラメル色の瞳が揺れていた。三津のコマンドを噛み締めているのだ。

――欲しい。

ぶわっと膨れ上がった誘惑に耐える三津の前で、主人は地面に置いてあった紙袋を手に取り、横にあったクーラーボックスを肩に担ぐ。手土産を持ってくるのはいつものことだが、今日は何を持ってきたのだろう。

主人が運び込まれたものを家の中に置くと、三津は手を伸ばし、癖のある髪を両手でぐしゃぐしゃ掻き回した。

「よくできました」

「……ん」

少しだけ顎を引いた主人の目元が緩む。

茶の間に入ってエアコンを入れ、石油ストーブに火をつける。炬燵《こたつ》の電源も入れた。

「それ、何が入ってるんだ？」

壁に掛かっていたハンガーを取りながら聞くと、主人はまずクーラーボックスを炬燵の上に起き、蓋を開けた。

「この間、結局食べられなかったから、鍋をやり直そうと思って、色々用意してきた」

中にはカットされ後は鍋に投入するだけという状態の鶏肉《とりにく》に肉団子、キノコ類に野菜がジップロックにわけてあった。ペットボトルに入っているのは鍋つゆのようだ。締め用の卵とご飯、デザートにということか、見たことのない――でも高級感溢《あふ》れるパッケージのアイスとプリンまで入っている。

「凄いな、至れり尽くせりだ。どこで買ったんだ？」

「ダチの家で鍋したいから何買っていけばいいかばあやに相談したら用意してくれた」

「ばあや」

次いで差し出された紙袋の中身を取り出してみて、三津は凍りついた。

「これは……かつてライブで限定販売された『猫っ毛。』さんのグッズ……!?」

過去に一回だけ開かれたライブはハコ《会場》が小さくチケットは瞬殺、グッズの通販もないという地獄仕様だった。当時以上に人気のある今では到底手にすることなどできないレアものである。

「マグカップにTシャツ、チケットホルダーまで……!?　主人、こんなお宝、本当に貰っていいのか!?」

「ああ。何か余ってたらしい。捨てるって言うから貰ってきた」

カラメル色の瞳が落ち着きなく動いている。嘘《うそ》だ。きっと主人は仲の良くない兄弟にわざわざ頼んで貰ってきてくれたのだ。三津の機嫌を取るために！

「ありがとう」

思わず手を握ると、主人が怯《ひる》む。

「べ、べ、別に、捨てるとこだったんだし、礼なんか……」

「捨てるところだったにしても、貰ってきてくれて嬉《うれ》しい。これ全部、もう絶対手に入れられないだろうと思って諦めていたんだ。この間のご褒美もまだあげてないし、俺にして欲しいことがあったら何でも言ってくれ。できる限りのことをする」

「お、おう……」

三津はぱっと主人の手を放すと、グッズ類をパッケージから取り出し、あらゆる角度から眺めた。狐面《きつねめん》のワンポイントや、端にあしらわれた子猫たちのイラストが可愛い。

「貰ったってことは『猫っ毛。』さんと会ってきたってことだよな。『猫っ毛。』さんは元気なのか？」

パッケージに戻したチケットホルダーを神棚に置きながらふと尋ねると、主人が怪訝《けげん》な顔をした。

「？　元気だぜ？　何でいきなりそんなこと聞くんだ」

「いや、一時期物凄い勢いだった更新がぱたっと止まったから」

マグカップとTシャツも元通り包み直して取りあえず茶箪笥《ちゃだんす》の上に置くと、三津はカセットコンロを棚から取り出して鍋の用意を始めた。

「そっか、いきなり更新が止まると気にする人もいるのか……。とにかく、心配しなくていい。仕事が忙しくなってしまっただけだから。ラブソングを作らなきゃいけないんだけど、何も思い浮かばなくって他のことが全部止まってしまってるんだ」

三津は神棚のアルバムを取り、裏面の曲名リストを眺める。

「そういえば『猫っ毛。』さんって今までラブソングを作ったことがない……？」

「そうなんだよ。ラブソングって何かぴんとこなくてさ。皆、『恋』を素敵なことであるかのように歌い上げるけど、現実の女どもときたら見栄っ張りで計算高くて、全然きらきらなんてしてねーだろ？」

思わず吹き出した三津に、圭人はむっとした。

「何がおかしいんだよ」

「いや、圭人が我がことのように『猫っ毛。』さんのことを話すから。本当に仲悪いのか？」

「……っ」

なぜか炬燵布団に顔を埋めてしまった圭人に首を傾《かし》げると、三津は鍋にペットボトルのつゆを入れて火にかけた。カセットコンロを使うのは、具材を入れられる段階になってからだ。

「圭人って何人家族なんだ？」

「一応四人家族だが、あいつらのことは家族だと思っていない」

おっと。随分と大きな確執がありそうだ。

「『猫っ毛。』さんとは一卵性双生児なのか？　それとも二卵性双生児？」

「えーと、一卵性……？」

「何で自分のことなのに疑問形なんだ？」

つゆが沸くまで暇になった三津は圭人の顔を両手で挟んで固定する。

「何だよ」

「いや、やっぱり顔も『猫っ毛。』さんに似ているのかなって思って」

「ふ、双子だからな」

「『猫っ毛。』さんて、美形なんだな」

ふわっと圭人の顔が赤くなった。

「ば……っ、おま、何、おま……っ！」

「おまえらって明らかに庶民じゃないよな？　血筋から違ったりするのか？　お母さんとか、どっかのお嬢さまだったりする？」

「母は血筋で選ばれたわけじゃないらしい。元女優で、パーティーで父と知り合ったと聞いている」

女優！

「何というテンプレ。でも、だから主人の顔は綺麗《きれい》なんだな」

主人の顔を解放すると、三津は炬燵の上にコンロと湯匙《とんすい》、箸とレンゲを用意する。味変にいいかと七味唐辛子と柚子《ゆず》胡椒《こしょう》もだ。

「……あんたもこの顔が好きなのかよ」

ちょうど鍋がぐつぐつ言い始めたのでミトンをはめ、台所から炬燵のカセットコンロへと移動する。

「もちろん、顔も好きだぞ？」

「もって、顔以外は……」

「もちろん好きだ。主人、可愛いし」

カラメル色の目が見開かれた。

「か……っ、かわ……っ!?　あんたアタマ、大丈夫か!?」

「大丈夫に決まってる。主人は可愛い。凄く」

わざと上目遣いで笑いかけると主人はわなわなと震えた。三津を睨んでいるが、目に力がない。

ほら可愛い。

「そういえば『猫っ毛。』さんはピアノを弾くのがうまいけど、独学なのか？　いいおうちの子だと小さい頃から習い事でやらされるってイメージあるけど、もしかして主人も弾けたりする？」

タッパーを開け、スプーンで肉団子を投入し始める。形がいびつだが、腹に入ればどんな形をしていても同じだし、味も変わらないので問題はない。

「弾けるぜ。ピアノ以外にヴァイオリンもいける。英会話も結構長いことやらされてたからできる方かも。お茶と剣道はすぐ止めたからそこそこだけどな。ところで庶民じゃないって何だよ」

「いやだって普通に生活水準が違うし」

他愛のない会話が心地よい。次々に投入した具材が鍋の中でぐつぐつと煮え、野菜がしんなりと透き通ってゆく。

三津は火の通った椎茸《しいたけ》を、肉の塊を、くたくたになった長ネギを湯匙に取ってやった。

肉団子や白菜を次々に食べてゆく口に時々閃《ひらめ》く舌先。男らしい大きな手。しっかりした首のラインを見るともなく見ていると欲が腹の底で疼《うず》く。

「ばあやさんにお礼言っておいてくれないか。凄く美味《おい》しかったって」

「おう」

ほぼ空になった鍋の底を菜箸で探り、残っていた野菜の切れ端を拾った。一度消していたコンロの火をつけて、ぐつぐつ言い始めたらご飯を投入する。続いて卵を入れて水面に黄色いふわふわが広がると、主人がネギの小鉢を取ってくれた。

「なあ、これが終わったら、さ。……いいだろ？」

欲に潤んだ目で見つめられ、理性が悲鳴を上げる。

――欲しい。

「アーオ？」

「わかったって」

卵もご飯もいいものだったのだろう。今まで食べた中で一番美味な雑炊を、三津は上の空で完食した。食べ終わったら主人とできるのだと思うと、気持ちが浮わつく。Ｓｕｂの方が影響が大きいし見た目も刺激的だから注目されがちだが、Ｄｏｍにとってもプレイは大事で特別な行為だ。

いつもと同じように二階に先に上がって、準備を整えてから主人を呼ぶ。《おいで《Come》》から始めるのは三津の謂わばルーティンだ。

コマンドは無限にあるわけではない。特に主人とのプレイに使えるような、性的でないものなんてすぐやり尽くしてしまう。だから三津は前半、同じコマンドを決まった順番で使うことにしていた。その方が安心感があるらしい。Ｓｕｂがずっとプレイに入ってくれるし、新しいコマンドの効きもいい。

今日の新しいコマンドは何にしよう。

主人にして欲しいことはたくさんあるけれど。

回す。
主人は逆らう素振りも見せず、長い両腕で三津を囲んだ。三津もおずおずと主人の背に手を
これが俺にできる、精一杯の冒険だった。
「《ハグ》《Hug》しろ」

ぎゅうっと腕に力を込めると、心臓が壊れそうなほど痛くなった。

永遠にこのままでいたい。

服越しに伝わってくる体温の心地よさに酔いそうだ。

「アオ?」

いつまで経っても次のコマンドを出さない三津を怪訝に思った主人が腕を緩めて三津の顔を覗き込む。三津は思わず主人の唇を見つめた。

《キスして》と命令したい誘惑と闘う。

駄目だ。そんなことをしたらコマンドで縛って少女を連れ回していたあのクソ中年男と一緒だ。それにキスして? その先はどうする? もし主人をその気にさせることができたとしても、また『駄目』だったら——。

「アオ?」

三津はふるっと首を振って邪念を祓《はら》うと、ぎこちない笑みを浮かべた。

「《よくできました》《Good boy》。今日はこれで終わり」

抱擁を解《ほど》いて立ち上がると、圭人は折角いい夢を見ていたのに乱暴に揺り起こされた人のような顔をした。

「え、もう終わりかよ」

「夜も遅いし。今日、仕事が忙しかったせいか集中力が続かないんだ」

天気を見る振りをして窓の外を覗き、三津は火照った頬に手の甲を押し当てる。

熱い。きっと真っ赤になっている。プレイ中、ハイになることはあるけれど、こんなのは初めてだ。

圭人も三津の様子がおかしいことに気づいた。

「道理でグレアが乱れていると思った。もしかして具合も悪いのか？」

少し心苦しいが、早く帰って欲しくて、三津は圭人の誤解を利用した。

「ちょっとな。圭人、今日はもう帰って貰ってもいいか？」

「……なんだよ、早く言えよ。言ってくれればオレだって……いや、気づけって話か」

三津は部屋の灯《あか》りを消した。

「俺も今気づいたんだ。圭人は悪くないよ」

悪いのは、俺だ。

さすがに速やかに圭人が帰ると、三津は扉に鍵をかけた。脱衣所を兼ねた洗面所に入り、服を脱ぐ。寒さは感じない。それほど昂《たか》ぶってしまっていたのだ。

風呂釜のスイッチを入れると、三津はボディソープを手に取り、性器に塗りたくった。限界だった。

「……は……っ」

駄目だと思いつつ、グッズを貰った時に握った主人の手の感触を、指のあたたかさを反芻《はんすう》する。

「……はっ、は……っ」

ぬるぬるの手を前後に動かすと、腰が甘く痺《しび》れた。ギリギリまで我慢していたせいか、凄く気持ちいい。

「あ……ん……っ」

ぬめりをすくい取った指先で後ろの入り口を探ってみる。男同士のセックスではここを使うものらしい。

怖くて中にまで指を入れることはできなかったけれど、ソコをぬるぬると揉《も》むだけで興奮した。

湯を沸かす釜の音が響く中、夢中になって快感を追う。

タイルに膝を突き、浮かした腰を淫猥《いんわい》に揺らして。

徐々に息が荒くなり、主人に対する欲望が張り詰めてゆき。

「ふ、う……っ」

まっすぐ座っていられなくなった三津は、壁に肩を押しつけるようにして軀を支え、タイルの上に白濁を吐き出した。

性器だけでなく内臓まで吐精の快楽にびくっびくっと痙攣《けいれん》しているような気がした。いつもよりも強い快楽の余韻に喘《あえ》ぎながら、三津は自覚する。今日は我慢出来たが、次のプレイでは自分を抑えられないかもしれない、と。

＋　＋　＋

「金曜日、暇か？」

山田が席を立った隙を狙ったかのように声を掛けてきた都築に、三津はスマホを覗いてから答えた。

「淋《さび》しいことに今のところ何の予定もないです」

「そうか。じゃあ、焼き肉行くぞ。この間のオフを台無しにした詫《わ》びだ」

「本当ですか!?　ありがとうございます」

――というわけで、金曜日である。

何でも子供たちが旦那の実家に泊まり込みで遊びに行ってしまうので一人で夕食を取らねばならないらしい。一人の夕食が淋しいだなんて、案外可愛いところがある。普段の言動が男っぽいだけにギャップ萌《も》えしてしまいそうだ。

旦那と子供の見送りをしてから店で直接落ち合いたいと言われたので、少し残業してから施設を出る。それでも早く着きそうだったのでファッションビルに入って本屋のある階でエレベーターを下りたら、奥のウィンドウに首輪が並んでいるのが目に入った。

足が勝手に店へと近づく。

首輪《Collar》。ダイナミクスにおける指輪のようなもの。

施設にもカタログが資料として置いてあるが、現在の主流は指輪のように誕生石やプラチナを作って飾り立てたものらしい。だが、この店は革と銀を専門に扱っているらしく、首輪も黒い革に銀のチャームがついたシンプルなものばかりだった。値段もお手頃だ。

「あれ？　アオさんだよね。お久し振りです」

ぼーっと眺めていたら声をかけられ、三津は硬直した。

「柊？　……主人もいるのか？」

反射的に際立った長身を捜し辺りを見回す三津に、柊は眼鏡の奥の瞳を微笑ませる。

「いませんけど、これから会う予定だからその辺にいるんじゃないかな。呼びます？」

スマホを取り出そうとした柊を、三津は慌てて押し止《おと》めた。

れても困るし」

「いや、いいよ。いるのかなと思って聞いただけだし、これから職場の人と焼き肉だから呼ば

柊の笑みがどこか攻撃的に色を変える。

「へえ。ところで職場の人ってＳｕｂですか？」

「いや？　Ｎｅｕｔｒａｌ《ニュートラル》だけど……」

反射的に返事をしてから三津は気づいた。柊は主人から聞いているのだ。先日の顚末《てんまつ》を。

「あー……」

気まずい。少し早いが店に行ってしまおうか。

消えるタイミングを窺《うかが》っていると、小さなバイブ音が聞こえて柊がスマホを取り出した。

電話が掛かってきたらしい。音はしないがスマホは震え続けている。これでさよならのきっかけができたとほっとしたのも束《つか》の間、画面に視線を落とした柊はスマホをそのままポケットに戻した。

「出なくていいのか？　俺のことは気にしなくてもいいんだぞ？　もう行くし」

「出ても仕方がないので。どうせ用があるのは主人だし」

？　よくわからない。

「どうして主人あての電話が柊に掛かってくるんだ？」

「大学卒業してすぐ二人で立ち上げた会社の連絡先が僕になっているからです」

「ん？　ということは今のは仕事の電話か？」

「えーと、そうなんですけど、そうじゃないっていうか……」

「何でそんな奥歯に物が挟まったような言い方をするんだ？　いや、詮索するつもりはないんだ。他人に言ったら駄目なことならこの話はここで止めるが」

柊は深い溜息をついた。

「別に駄目ってことはないんですけど、説明が面倒くさいんですよね……でもまあ、元はと言えばアオさんのせいなんですし、聞いてもらおうかな」

「おっと、話が一気に不穏になってきたぞ」

後退《あとずさ》った三津に、柊は何とも胡散《うさん》臭い笑みを作って見せた。

「アオさんと初めて会った時の主人の態度の酷さ、覚えてますか？」

「あれは簡単には忘れられるものじゃないからな」

「主人は仕事相手にもああだったんです。それで気に入らなきゃどうぞお引き取りくださいっていう気持ちいいほどの殿さまっぷりで」

「いいのか？　それで」

「薄々気がついているでしょうけど、あいつ、いいおうちのボンボンなんです。しかも学生時代に亡くなった祖父やら叔父やらが一生食うに困らないだけの遺産を残してくれたから金に困ってないし、態度なんかどうでもいいというくらい主人の才能に惚《ほ》れ込んでいる人も結構いて」

「ん？　主人って一体何の仕事してるんだ？」

柊が一瞬息を詰める。

「——それは秘密です」

「えー」

才能の有無が関係してくるということはクリエイト系だろうか。職人系という可能性もある。

「とにかく、僕が窓口になることでどうにか回してたんですけど、アオさんと出会って、主人は健康になったでしょう？　そうしたら機嫌の方もよくなっちゃって、今まではだるだるのニットで臨んでいた打ち合わせにもスーツで行ってちゃんと愛想笑いをするようになったんです。そうすると何が起こるかというと、主人はあの顔なので」

「もしかしてさっきの電話って、仕事にかこつけたデートのお誘いとかか？」

「ビンゴ」

マジか、と三津は笑おうとした。でもどうしてだろう。顔の筋肉がうまく動かせない。

「仕事もありがたいことに快調なんですけど、あっちからもこっちからも掛けられる誘いを捌《さば》くのが大変で、ちょっとどうしようかなって思ってるんですよね」

柊の声が妙に遠い。空腹のせいで低血糖でも起こしてしまったのだろうか。何だか変な汗が出てきて、くらくら——する。

＋　＋　＋

次は駅ピアノに挑戦してみないか。そんな柊の提案を受けて主人は駅にやってきていた。ホームから下りる階段の途中でもうピアノの音が聞こえ始める。調べておいた地図など見なくても音を辿《たど》っていくだけで目的のピアノを発見できた。

洒落《しゃれ》た三つ揃《ぞろ》いのスーツを着こなした老紳士が流麗なノクターンを披露した次には、パパの膝に乗せられた幼い子供がキラキラ星を弾く。皆、楽しそうだ。周囲には音楽を聴く人の輪が出来ていて、ママがスマホで撮影していたりする。

──大事なのはどれだけ多くの人を幸せな気分に出来たかだ。

ふっと頭の中に蘇《よみがえ》った三津の言葉を主人は噛み締める。

待ち合わせの時間までまだ結構ある。席が空いたので、主人もピアノの前に座ってみた。何を弾こうか。久し振りにショパンかラフマニノフでも演るかと考えていると、小さな頭がひょこっとピアノの向こうから覗く。

「何弾くの？」

まだ小学校に上がらなさそうな男の子の質問に、圭人は指を鳴らした。

「何を弾いて欲しい？」

即座に最近子供たちの間で大人気だというアニメの主題歌のタイトルを返され、圭人は笑みを深くする。

「いいぜ。弾いてやる。その代わりおまえらも歌えよ？」

前奏は鍵盤の端から端まで指を走らせ思い切りドラマチックにアレンジしてみた。でも歌が入るところまでくると、わかりやすいよう主旋律を強調する。

期待通り子供たちが声を揃えて歌い始めた。いささか調子外れではあるが、物凄く楽しそうに。

そうだ。これでいいんだ。

ピアノの周りにはまだ子供がいる。圭人は片手を掲げると、その子たちにも合図した。

「君たちも歌って。さん、はいっ！」

歌声が大きくなり、通り過ぎる人々が振り返る。いかにもリア充っぽい女子高生たちまで歌い出した。圭人は立ち上がり、演奏しながら大きく身体を揺らす。弾き間違えたって構うものか。

——とまあ、大盛り上がりで一曲終えたところで、圭人はようやく己のしでかしたことに気がついた。

見られている。ピアノが置かれている通路にいる人たち——特に女性に。

小さな鞄《かばん》を提げたＯＬっぽい女性にベビーカーの前に立つ若い母親たち。群れてくすくす笑っている女子高生たちに至っては話し掛けてきそうだ。

その場を離れようと軀の向きを変えた瞬間、主人は最初に話し掛けてきた男の子をだっこした女性とぶつかりそうになり、立《た》ち竦《すく》んだ。

「あ」

「奇遇だな。ケイトと言ったか。息子のリクエストに応えてくれてありがとう」

グレイのパンツスーツの上にトレンチコートを羽織った女性には見覚えがある。スーパーで会ったアオの上司だ。

「別に」

都築の胸元には施設の職員であることを示す記章が光っていた。

アオに教えられた職場の所在地が最寄りの施設と同一であったことに、主人は後で気づいた。アオが出てきた建物こそそうであったことにもだ。

都築は男の子に何か囁《ささや》き背を押すと、主人へと向き直った。男の子はすぐ先で待つ大きなボストンバッグを持った男の元へと走ってゆく。あの男が父親なのだろうか。見た目は熊のようだったが、男が男の子の背に添えた手には確かな愛情が感じられた。

うちとは大違いだなと主人は思う。いや、あのくらいの歳の時には主人も親というものを無条件に慕っていたのだ。

「あんた、あの子と一緒に行かなくていいのか？」

楽しげにお喋《しゃべ》りしながら改札の中へと入っていく二人を圭人は目で追う。

「ああ。この間はとんでもないことになってしまっただろう？　ずっと気になっていたんだ。君、大丈夫だったか？」

「まーな。それよりさあ、あんた、アオの上司なんだろ？　アオがＳｕｂをケアする仕事をしているって本当か？」

困ったような笑みが都築の口元に浮かんだ。

「……本当だ」

圭人は小さく舌打ちする。

「Ｓｕｂのケアなんて、Ｄｏｍなら誰だってできんだろ？　別にアオじゃなくたって」

「残念ながら、Ｓｕｂを思いやれるＤｏｍは稀少《きしょう》でな。それに三津には特別な才能がある」

「才能？」

都築に手招きされ、圭人は通行の邪魔にならない壁際に移動した。

「私はＮｅｕｔｒａｌだからわからないが、普通Ｄｏｍは普段から微量のグレアを垂れ流しているのだろう？」

「そうなのか？」

言われてみればＤｏｍがいるとなんとなくわかる。直感のようなものが働いているのだろうと思っていたが、そうと意識しないながらもグレアを感知していたのかもしれない。

「三津はグレアを自分の意志で完璧に操れてな。必要のない時はグレアを発しないんだ。よくＳｕｂと間違われるのはそのせいだな。反対にここぞという時には一気に放出できるから、威圧されたＤｏｍは横っ面をひっぱたかれたように感じるらしい」

新しくピアノの前に座った女性が現代音楽を弾き始める。難解かつ不安定な調べに主人の心も揺れた。

「三津とのプレイはよかっただろう？　プレイの時はうまいこと緩急をつけてコマンドにグレアを添わせるから効きがいいんだ。ドロップへの対処もうまくて、これまで大勢のＳｕｂが救われた」

つまり？　アオは特別だから、オレは我慢すべきだっていうのか？　私利私欲のためにアオを独占したりせず、他の可哀想《かわいそう》なＳｕｂのために譲れ？

耳の奥で心臓が脈打つ。怒りを込めて、強く、強く。

「あっそ。でも、アオはあんたたちの都合のいい道具じゃない。ちょっとプレイがうまいだけの普通の人間だ。すべてのＳｕｂにご奉仕する義務はない」

「言っておくが施設で働いているのは三津の意志だぞ。私たちが強要したわけじゃない」

「じゃあアオが辞めちまっても文句は言わねーな？」

「もちろん三津が望むなら仕方のないことだ。だが、三津は善人だ。三津に苦しんでいるＳｕｂを見捨てられるとは思えない」

圭人は奥歯を噛み締めた。

都築の言う通り、多分三津は辞めないだろう。初対面の時、あんなに態度の悪かった圭人とすらプレイしてくれたくらいなのだ。

――そうだ。アオがプレイしてくれたのは、オレが欲求不満による不調に苦しんでいたから。オレに特別な感情があったわけじゃない。一緒に炬燵でミカンを食べて、鍋をやって――食べることばっかりだな――仲良くなったつもりでいたけど、オレもその他大勢のＳｕｂと同じだったのかもしれない。アオはただオレを可哀想に思ってつきあってくれてただけ。

オレは――アオにとって……？

「君は本当に三津のことが好きなのだな」

しみじみと妙なことを言う都築を、圭人は睨みつけた。

「馬鹿にしてんのかよ。喧嘩を売る気なら買うぜ」

都築は小さく笑う。

「そんなつもりはない。ただ、不思議だと思ってな。私はＮｅｕｔｒａｌだからよくわからないのだが、男女のカップルとは違って、ＤｏｍとＳｕｂのプレイではセックスが必須というわけではないのだろう？　つまり子供ができるわけじゃない。それでも他の人とはして欲しくないと思うものなのか？」

「そんなの人それぞれだろ。オレは今まで寝た女に、他の奴とヤって欲しくないなんて思ったことないぜ？」

そうだ。どんな女とヤった時だって、自分は欠片《かけら》も執着しなかった。アオだけだ、誰にも渡したくないと思ったのは。

——自分だけを見て欲しいと思ったのは！

「アオとだって不調を解消出来さえすればいいだけの関係だと思ってたのに……」

今は他愛のない時間を共有し、アオの眼差《まなざ》しを受け、コマンドをもらうのは、自分だけでいいと思っている。

くそ。気分が悪い。ムカムカする。

他人なんてどうでもよかったはずなのに、なんでこんなにもオレは。

こんな厭な気分を味わわせるアオが腹立たしくてならなかった。都築の気の毒そうな視線も気に入らない。

「あー、誤解しないで欲しいんだが、三津がしているのは最低限のケアだけ、医療行為のようなものだ。ちゃんとしたパートナーを見つけるまでの繋《つな》ぎだから、同じSubの相手は二度としないし、個人的に関わることもない。プライベートで会っている君は、三津にとって特別な存在なのだと思うぞ？」

「はっ、どーだか」

改めて思う。アオがどういうつもりでも厭なものは厭だ。嫌われたくないから物わかりのいいことを言ってみたけれど、やっぱり我慢できそうにない。アオに自分だけのものになってもらうためにはどうしたらいいのだろう。

——誰かが『革命』を弾き始める。

＋　＋　＋

【駅ピアノ】『猫っ毛。』が『まごころ』を熱唱！【パニック】

そんな見出しをクリックすると、トイレから出てきた『猫っ毛。』の姿が映った。キャップを後ろ向きに被《かぶ》った上に、鼻まで隠れる狐の面を着けている。マスカレードマスクの狐版のようだ。画面に入った一般人の顔にはモザイクがかかっていたが、異様でしかない姿を二度見三度見しているのが何となくわかった。

「今日は【ピー】駅にピアノを弾きに来てます。時刻は十時。帰宅ラッシュも落ち着く頃かと思ったんですが、案外人がいますね」

もはや『猫っ毛。』専用カメラ係同然の『癖っ毛。』の声が入る。

ぐるんとカメラが回され、広い通路に据えられたピアノと取り囲む人々の姿が映った。ちょうど前の演奏が終わったところらしく、まばらな拍手が聞こえる。演奏を終えて立ち上がろうとした老紳士は、『猫っ毛。』を見るとぎょっとした顔をしたが、『癖っ毛。』が次、いいですか？ と声を掛けるとすんなり席を譲ってくれた。

一日の終わりを迎え、どこか眠たげだった空気が俄《にわか》にざわめき始める。

『猫っ毛。』が椅子の高さを調節しつつ『癖っ毛。』に囁いた。

「なあ、自意識過剰かもしれないけどさ、オレのこと知ってる奴がいるっぽくね？」

「何寝惚けたこと言ってんの」

「だよな、そんなのいるわけが」

「いるに決まってるだろう？　いい加減、自分の人気を自覚しろ」

「ええ……？」

釈然としない様子の『猫っ毛。』が座って両手を構えると、喧噪《けんそう》が遠のく。周りにいた人たちがお喋りを止めたのだ。

「それじゃ、オレの歌を好きだって言ってくれたある人のために弾きます。『ぬくもり』」

前奏が始まった途端、女の子たちの悲鳴が聞こえた。動画を見ていた三津も息を詰める。

『ぬくもり』は、三津の一番好きな曲だ。

SQUARE

閑散《かんさん》とし始めていた構内にピアノの音が響く。画面が二つに分かれ、一つに『猫っ毛。』が、もう一つに高い位置から見下ろした聴衆が映った。艶のある歌声が発せられた途端、ピアノを囲む輪の外を流れる人々の動きが乱れる。どこかで聞いたことがある声が聞こえてくるのに気がついたのだ。

三津は画面を眺めながら素早くスマホで検索する。すぐに『猫っ毛。』が皐月《さつき》駅で弾き語りしてる！』という書き込みがSNS上で見つかった。一時期はトレンドにも入っていたらしい。皐月駅は三津が普段使っている駅だ。

投稿日時を見た三津は額を炬燵に打ちつけたくなった。

「焼き肉を食べていた時じゃないか！」

三津が都築と酒を飲んでいる間、ほんの五分の距離にある駅で『猫っ毛。』が演奏していたのだ！

SNSで拡散されたせいか閑散としていた構内に目に見えて人が増え始める。中には混み合う中を走ってきて怒られる人もいた。ピアノを囲む人の輪はどんどん厚くなってゆき、構内に不穏な空気が漂い始める。

大丈夫なのだろうかと思って見ていると、弾き終わった『猫っ毛。』が立ち上がる。増えた聴衆に驚きながらもお辞儀をし、くるりと軀の向きを変えると、いきなり全力で走り出した。構内に設置された植え込みを飛び越え、追いかける女の子たちを振り切ろうとする『猫っ毛。』

の後ろ姿を、残った『癖っ毛。』がのんびりと撮影する。

「『猫っ毛。』、走ります。片手で狐面を押さえて……走る、走る、走る……凄い速さです。おーっと、どうやら逃げ切ることができたようです。三馬身ほどの差をつけて、タクシーに飛び込みました。一曲だけならと思ったけれど、駅ピアノは無謀だったみたいですね。『猫っ毛。』はもういないのに、人が増え続けていてちょっと怖いくらいです」

『癖っ毛。』が手を伸ばしたのだろう。アングルが高くなって演奏を始めた時の煤《すす》けた様子が嘘のように混み合う構内を映し出した。モザイクが掛かった画面に『後で駅員にしこたま怒られました。申し訳ありませんでした！　いい子の皆は真似《まね》しないでね』というテロップが重なって動画が終わる。もっとも真似したところでその辺の配信者にこうも人を集められるわけがない。こんな注意書きなどするだけ無駄というものだ。

「はー、俺も生で聴きたかったぜ……」

大きな溜息をついたところでノックの音がした。こんな時間に訪ねてくる者など決まっている。

「圭人、来るのはいいけど予告しろって……って、えっ⁉」

大きく押し開いた扉の向こうに現れた圭人の姿に驚き三津は棒立ちになった。圭人もまた玄関へと踏み込み掛け固まる。テレビ画面が目に入ったせいだ。圭人は三津が『猫っ毛。』の動画を見ているところにぶつかると、いつも挙動不審になる。

多分三津も弟が動画配信をしていたら、落ち着いて見ることなどできない。画面など薄目で見てしまいそうだ。

それはともかく三津が固まってしまったのは、主人の出《い》で立ちが普段とはまるで違ったからだった。

ボリュームのあるボアやチンピラのようなスカジャンなど、個性的なファッションに身を包んでいることの多い主人が、スーツを着ている。上品なグレイで、ネクタイも控えめなドット柄だ。もっとも中に着ているのがスモーキーピンクのシャツというのが主人らしいけれど。

「……あー。コスプレ？」

「何でそうなるんだよ。仕事の打ち合わせから直接来たんだ」

素材がいいだけにきちんとした服装をするとちょっとした仕草でさえ格好良い。とすとすという心臓への衝撃に耐える三津の横を擦り抜け主人が上がり込む。

「また動画を見てたのかよ」

『猫っ毛。』について触れる時、主人はいつも大して興味なんかないけど、という風を装った。

「そうなんだが、見てくれこの背景を！　この動画、なんとすぐそこの皐月駅で撮影したみたいなんだ」

「ああ」

「ああって……もしかして主人、『猫っ毛。』さんがあそこでピアノ弾くって知っていたのか？」

「まーな」

何て気の利かない男だろう！

「知っていたなら教えろよ！」

「音響は最悪な上に、いつもと違う環境。いい演奏なんかできるわけがないし、実際、見ての通りの出来だぞ？　別に見なくても」

「いいわけ！　ないだろ！」

生で『猫っ毛。』を見られるまたとない機会だったのに。

「曲ならライブで聴けばいい。その方がまだましだ」

「ネイルをお買い上げの方を抽選でご招待って奴か？　もちろん応募はしたけど、当たるわけないだろ」

「何で」

本気でわかっていなさそうな反応に、三津は呆《あき》れる。

「応募が殺到するからに決まっているからだ」

「殺到なんかするか？『猫っ毛。』はまだアルバム一枚出しただけだし、ライブだって一回しかやったことがないんだぜ？　その時のチケットが完売したのだってハコが小さかったからだ。今回は会場もデカいし、席が埋まるかどうか」

「圭人、『猫っ毛。』さんのことを舐《な》めすぎ」

仲の悪い兄弟に人気があるということはそんなに認めたくないものなのだろうか。

「別に舐めてない」

「じゃあ、今度『猫っ毛。』さんに応募総数を聞いてみろよ」

憶測であぁだこうだ言い合っても仕方がない。一月末に応募が締め切られてから一週間、応募数くらい出ているのではないだろうか。

「まあそれはそれとして、一緒に『猫っ毛。』さんの動画を見ないか。この『ぬくもり』って曲、俺が一番好きな曲なんだ。音は確かによくないけど、人々の喧噪やアナウンスが効果音みたいで逆にいいし、マイクを近づけているせいか耳元に直接『猫っ毛。』さんの声を吹き込まれているみたいで……」

ぞくぞくしたとまでは口にできず、かわりに熱い溜息をつくと、圭人がぎゅっと眉根を寄せた。

「でも、こんなとこで演奏するなんて軽率だ。駅に迷惑だし、もし人が集まりすぎたせいで事故でも起きたら」

三津は即座に反論する。

「駅ピアノ動画、見たことあるか？　俺は結構あるんだが、滅茶苦茶人が集まって大騒ぎになったみたいなタイトルついているからどんなものかと思って見てみても全然大したことがないのばかりなんだ。テレビに出たことがあるわけでもない『猫っ毛。』さんが一曲演っただけでこうなるなんて予見できたわけがない。それに配信者としては人が集まった方が嬉しいのに、『猫っ毛。』さんは告知もしなかった。つまり十分配慮した上でこうなってしまったんだからこれはもう仕方がないと思う」

「……」

『猫っ毛。』を弁護したのが気に入らないらしい。むすっとした顔をした主人が、持っていた発泡スチロールの箱を三津の胸元に押しつけてきた。

「何これ」

「夕飯。まだなら一緒に食おーぜ」

一旦箱を足下に置いて蓋を開けてみると、大きな毛蟹《けがに》が動いている。

「マジか……」

毛蟹は好きだ。高くてなかなか手が出ないから、飛び上がりたいくらい嬉しい。

でも、駄目だ。

三津は箱を置くと財布を取り出した。

「ありがたくいただくけど、半額払わせろ」

「金なんか要らねー」

「そういうわけにはいかない。レシートは財布の中か？」

圭人はいつも財布を尻ポケットに入れている。三津が抜いてやろうと手を伸ばすと、圭人は身を捩《よじ》るようにして逃げた。

「そんなもの一々取ってねーよ。何で急に払うなんて言い出したんだ」

「急にじゃない。前々から思ってた。おまえ、俺に貢ぎすぎ」

モノで心は買えないという。だが、貢がれれば傾くのだ。心は。

「別に貢がれているなんて思わなくていいって。オレが食べたくて買ってるだけなんだし」

「食べたくて買ってるなら、持って帰ってばあやさんに調理して貰えよ。料理がうまいわけでもない俺のところにもってくるより、よっぽど美味しく食べられる」

「いーや。アオと一緒に食べるのが一番美味い」

三津はよろめいた。

「おまえ……おまえさあ。もー、何なの？　何でそーゆーことをさらっと言ってくれちゃうわけ？」

とすとす、とすとす。心臓はもう、刺さった矢でハリネズミ状態だ。

だが、誤解してはいけない。こいつは頭痛から逃れるため俺を必要としているだけ。俺をそういう意味で好いているわけではない。ちゃんとわかっているけれど！

「やめろよなー、マジで。そんなこと言われたら毎日でも来ていいからとか言いたくなっちゃうだろー？」

「わかった。明日もうまいもの持ってくるな」

「いややめろつってんだろ」

とはいえ、持ってきてしまったものは仕方がない。うきうきと箱を流しに運ぶ三津の頭の中は早くもいかに美味しく蟹を食べるかでいっぱいだ。蟹は焼いてよし、茹《ゆ》でてよしで迷ってしまう。グラタンも好きだが、あれは自分で作れるものだろうか。

スマホでレシピを検索していると、邪気のない声が聞こえた。

「何、これ」

何気なく振り返って炬燵に収まった主人の手にある小さな箱を見た三津は、台所から飛び出し電光石火の早業で引ったくった。

「……何でもない」

「明らかに何でもなくね？」

平たい黒い箱には白いリボンが掛かっていた。中に入っているのは、駅ビルで買ったチョーカーだ。黒く染色した細い革紐《かわひも》を三重に巻いたのに、五ミリほどの銀のプレートがぶら下がっているというだけのもの。

何でこんなものを買ってしまったのかは、自分でもよくわからない。柊に主人がモテるようになったと聞いたら頭がパーンとなって、なぜか買ってしまったのだ。

とりあえずデニムの尻ポケットにねじこもうとしたが、大きすぎて入らなかった。エプロンのポケットだと入るには入るが、少し飛び出した部分を何かの拍子に汚してしまいそうだ。食器棚に一時的に避難なんかさせた日にはそれこそ濡《ぬ》れた手で触ってしまいそうだしと迷った挙げ句、三津は箱を階段の上がり口に置いていたボディバッグにしまった。毎日通勤に使っている奴だ。明日、会社帰りに駅ビルに寄ってみて、返品出来るか聞いてみてもいい。

くしゃくしゃになっていたレシートをなくさないよう、リボンに挟み込んでジッパーを閉めると、三津は毛蟹が入るサイズの鍋を取り出してコンロに置いた。まだごそごそ動いている蟹の尊い命を美味しくいただくべく、まずは合掌する。

＋　＋　＋

アオがトイレに立った隙にボディバッグから箱を盗み出して何食わぬ顔で炬燵に戻った主人は、トイレが空くと入れ替わりに入って中身を確認した。

黒革と銀のチャームからなるチョーカー。

リボンにレシートが挟んであったから貰い物ではない。アオはアクセサリーをつけないから、自分用に買ったものでもない。アオはこれを誰かにあげるために買ったのだ。

はらわたがぐつぐつ煮える。

アオ曰《いわ》く、自分は無愛想で反抗期の男子高校生並みにぶっきらぼうらしい。アオにクソガキレベルだと思われているのに気づいた主人は一念発起して窮屈なスーツを引っ張り出し、鬱陶しい女たちに愛想笑いまでして真面目に仕事をした。アオが好きそうな動画もマメに撮ったし、子猫たちのサービスシーンも大増量。おやつはもう完全にアオに食べさせたいという観点から選んでいる。撮影後少し間を置いてからアオへの手土産にするのも忘れない。ライブの準備で更新が滞ったのを気にしていたようだから、早速駅ピアノでアオが好きだという曲を弾いてやったのに。アオは他のＳｕｂにチョーカー《首輪》を贈るつもりらしい。

ふざけんな。他のＳｕｂとヤっているってだけでも許せないのに、首輪をやるだと？

こんこんっという扉をノックする軽快な音に、主人は弾《はじ》かれたように顔を上げる。

「主人？　腹、痛いのか？　蟹、食えそうか？」

トイレから出てこようとしない主人を心配しているのだろう。優しい声が心を抉《えぐ》った。

どうしてこいつにはオレの顔が効かないんだろう。普通の奴らは来るなと言ってもしっぽを振って集《たか》ってくるのに。

「食えるからほっといてくれ」

「はは、ごめんごめん。踏ん張ってる時は邪魔されたくないよな。じゃ、ごゆっくりどうぞ」

主人はアオに聞こえないようにゆっくり息を吐き出した。箱を元通り包装し直すとカモフラージュのため、綺麗なままの便器に水を流してからトイレを出る。

「お疲れさま」

ふざけたように言うアオの手にはビールの缶があった。何となく手を伸ばして缶を抜き取る。さりげなく人差し指と親指の間に指を滑らせるとアオの肩がびくっと揺れた。

「……っ、ビール、冷蔵庫の中にまだある。飲んでいいから、それ返せ」

圭人はかまわず缶に口をつけた。一口飲み下すと、よく冷えたビールが火照った内臓に染み渡る。ついでに舌先を伸ばして飲み口を舐め上げる振りをすると、真っ赤になったアオに睨みつけられた。

──？

なぜだろう。臍《へそ》の下あたりがざわざわする。

「もー、返せって言ったのに」

アオが冷蔵庫を開けて中を覗き込む。女の子と違ってアオの尻は小さい。

「なんだよオレとの間接キッス、そんなに厭だったか？」

アオは圭人の問いを無視した。

「毛蟹だけだと足りないだろうから、デリバリーも頼んだ。粗汁にアサリの炊き込みご飯。既にカードで支払い済み。はい」

毛蟹の支払いを拒まれた意趣返しのつもりなのだろう。得意げに胸を反らしたアオに冷たい缶を頬へと押しつけられる。

この男を自分だけのものにするにはどうしたらいいんだろう。変な意味ではなく。

いや、待てよ。

アオは主人のことこそクソガキ扱いしているが、『猫っ毛。』のことは崇拝している。主人が『猫っ毛。』本人だとわかれば、願いを聞いてくれるかもしれない。何だか卑怯《ひきょう》なような気はするけれど。

――できればアオには、『主人《オレ自身》』を認めて欲しかったけれど。

シンクの前に戻ったアオのすぐ後ろに立つと、主人はシンクに手を突いた。両腕で囲われる形になったアオの肩の線が硬くなる。

「ちょっ、近いだろ。何だよ」

「アオ。『猫っ毛。』に会わせてやろうか」

これなら鉄板だと思っていたのに、アオは躊躇いもしなかった。

「いや、いい」

主人ははあ⁉　と大声を上げた。

「なんでだよ。推しなんだろう？」

首筋に息が掛かったのか、アオは主人に触れないように腹をぴったりシンクに着けて前屈みになった。

「推しだからだよ。俺だってちゃんとわかっているんだ。本当の『猫っ毛。』さんはきっと俺の思う『猫っ毛。』さんとは違う。もしかしたら全力で推したいような人じゃないかもしれない。だが、そんなこと知らなければ関係ない」

主人は呆然とした。

「何だよ、それ。——何だよそれ！」

「主人はないか？　よく知らないうちは素晴らしい人に見えていたのに、会って話してみたら案外俗物で、こんなことなら遠くから見ているだけにしておけば良かったって思ったこと」

「そりゃあるけど……『猫っ毛。』がそうとは限らないだろ……」

いや、アオの思う通りか。

主人は頭を抱えた。何せ『猫っ毛。』の中身はクソガキなのだ。遠くから見ていた方がいいに決まってる。

「は——」

溜息をつき、目の前にあった頭に顎を乗せると、アオが軀を揺すった。

「重い。退《ど》け。料理の邪魔だ」

顎が滑り落ちそうになった主人は、アオの薄っぺらな軀を抱き込む。

「一体どうしたらアオは俺だけのものになってくれんだ？」

急にアオが静かになる。不思議に思った主人が頭の上から顎を退けると、くしゃくしゃの髪の下に覗くうなじが赤かった。耳たぶも赤い気がする。指で摘まんで見ると熱い。

「触るな。そーゆー悪戯《いたずら》すると出禁にするぞ」

肘で長軀を押しのけつつ睨みつける目元など心なしか潤んでいた。

——可愛い。

ふっと、ありうべからざる衝動を覚え、圭人は戸惑った。

何だろう。何か今、すべてを解決する答えを見つけたような気がしたのだけれど。

天啓を摑むことはできず、圭人は脇腹にアオの肘を食らう。

＋　＋　＋

ハーフパンツにくたびれたTシャツという姿でカラフルなタイルの上にしゃがみ込み、ぬるま湯を浅く張った盥《たらい》の中で子猫を一匹ずつ泡塗《あわまみ》れにしてゆく。

バレンタインを目前に控えた二月にしてはいささか薄着すぎるきらいがあるが、暖房を強めにしているので寒くはない。

空の湯船の縁には柊が座り、カメラを回している。

「このところ『猫っ毛。』が心ここにあらずで、ゲーム実況を撮ろうとすればボロ負け、料理動画に変更したら具材より先に手を切る、弾き語りに至ってはミスタッチだらけで聞くに堪えないという体たらくなので、今日は水の皿をひっくり返してびしょ濡れになった後、かりかりの上で転げ回った四匹の子猫たちのセクシーショットをメインにお送りします」

作業をしている主人は顔を隠していないが、柊のカメラは洗っている子猫のみを激写しているので問題はない。

にーにー鳴く毛玉たちをわしゃわしゃ洗いながら、圭人はぼんやりとアオのことを考える。

「みたらしちゃんたちが『猫っ毛。』宅に引き取られて早四ヶ月。猫は水を嫌うとか、シャンプーしようとすると暴れて大変だって話をよく聞くけど、どの子も水は平気っぽいですね。むしろ気持ちよさそうです」

Ｓｕｂだと判明した時、圭人の世界は一変した。ＤｏｍでＳｕｂを見下していた父と兄たちにとって圭人は圭人という人間ではなく、一匹のＳｕｂに過ぎなくなった。

以後は何をしてもしなくても同じだ。皆、圭人に何も期待していない。どれだけ頑張っても評価すらしてくれない。

何をしても無駄としか思えない日々を送ってきた圭人にとって、アオの賞賛は甘露だった。

「またぼーっとしている。なあ『猫っ毛。』、そろそろ何について悩んでいるのか教えてよ」

「『癖っ毛。』。オレの悩みをさりげなく全世界に配信しようとすんな」

白玉がへぷちとくしゃみをしたので、湯で優しく流してふわふわのタオルで水気を取ってやる。

アオのことを考えるとじわりと軀が熱くなるし、苦しいような切ないような気持ちがせり上がってきて、わー！　と叫びたくなる。アオを気に入っている自覚はあったが、首輪を見つけてからの圭人はそんな言葉では説明できないくらいおかしい。

撮影中だというのに柊のスマホが鳴った。

「あ、はい、斉藤《さいとう》です」

柊が普通に出て話し始める。

「あ、田中さん？　いつもお世話になっております。あ、大丈夫です。ええ、撮影中ですけど、編集で切ればいいんですから。え？　『猫っ毛。』が問い合わせた件、ですか？　――今、ここに『猫っ毛。』がいるので伝えますよ。どうぞ。――はい――はい。え、本当ですか？　――『猫っ毛。』。ライブの申し込み、当初の想定を遙《はる》かに超える数が来てて、凄《すさ》まじい倍率になりそうだって」

圭人はドライヤーを取ると、電源コードを延ばした。

「『癖っ毛。』。オレはドッキリ企画って奴は好きじゃない」

「いやドッキリじゃないから。本当だから」

圭人は子猫の毛を乾かしながら柊の言葉を反芻する。

「マジかよ」

金を払わねばならないわけではないから、ネイルを買ったついでに応募する層がいるだろうとは思っていたが、会場が埋まったばかりか、凄まじい倍率になりそうだって？

落選を心配していたアオの顔が脳裏に浮かんだ。

ぱちんと頭の中で何かが弾ける。これだ。

主人はドライヤーを止めた。生乾きの部分がないか、子猫の全身をくすぐるようにして確かめながら聞く。

「柊。チケット一枚貰えないか田中さんに聞いてくれ」

「もしかしてアオさんの分？　大丈夫、とっくに頼んである」

『猫っ毛。』のワンマンライブのチケット。たった一曲しか演らなかった駅ピアノですら聴きに行けなかったと悔しがっていたのである。アオは何をさておいてもこれを欲しがるはずだ。

本当にそれでいいのだろうかという気がしないでもなかったけれど、アオはもう首輪を買っているのである。手段を選んでいる暇はない。アオに連絡して、チケットをちらつかせよう。そうしてこちらの要求を通す。

要求——。

そこで主人ははたと考え込んだ。自分は何を要求したいのだろう。

他のＳｕｂに首輪をやるな？　それだけでいいのか？

アオと食べるものは何でも美味しかったし一緒にいるのは楽しかった。アオとならずっと一緒にいてやってもいい。だから。つまり。

いつもここで主人の思考は停止してしまう。動かなくなってしまったご主人さまの顔を見上げ、手の中で黒い子猫がにあと鳴く。

＋　＋　＋

デスクの端に、ころんとした形状の瓶が一つ置かれている。それはこの歳《とし》になるまで、三津《みつ》の人生に何ら関わりのない存在だった。だが、この世は何がどう転がるかわからない。

これを手に入れるため、三津は初めてデパートの化粧品売り場をうろつき、マニキュアというものが存外高いものであることを知った。自分で使用するわけがないので、都築《つづき》や同じ職場で働くＳｕｂ《サブ》やＤｏｍ《ドム》の女の子たちの好きな色番号のを買うつもりで店員に声を掛けたが、この商品は爪を補強する効果があって爪が弱い男性や学生が使ってもいい、特にヌードカラーやクリアなタイプは男性向けに用意したものだと勧められ、自分用に淡い膚色《はだいろ》のも衝動買いしてしまう。『猫っ毛。』にＣＭソングを依頼してくれたメーカーへのお布施だと思えば使わなくても全然もったいなくない。それから昨日――当落がわかるまでは、デスクに置いた自分の分の小瓶を眺めてにやにやしていたのだが。

「は――」


要らないネイルを引き取ってくれた女の子たちが、都築とひそひそ話す声が聞こえる。

「当落発表、昨日だったんですよね？　結果は……」

「見ての通りだな。今日はそっとしておいてやった方がいいと思うぞ」

都築の思いやりができたばかりの心の傷に滲《し》みる。これが視界にあるから余計哀しい気分になるんだと、飾っていたネイルをボディバッグの中にしまい込んでいるとスマホが鳴った。圭人《けいと》という表示を見た三津は指先を彷徨《さまよ》わせる。

昨日から何度この男に電話を掛けようとして止めたことだろう。この男は『猫っ毛。』の兄弟だ。頼めばチケットの一枚くらい融通してくれるかもしれない。だが、スマホを手に取るたび先日の記憶が蘇り、気がつけば時間が飛んでいた。

――何であの日、あいつはあんなにくっついてきたんだ？

耳たぶを摘まむ指先の感触がいまだ消えない。主人のことを思い出すだけで顔に熱が上がる。でも、いつまでももだもだしてはいられないから。

三津は電話に出た。

「はい、三津です」

『アオ。「猫っ毛。」のライブは当たったのか？』

いきなり傷心にクリティカルヒットを食らい、三津は胸を押さえた。

「……残念ながら外れた」

『もし俺が一枚やるって言ったらどうする？』

考えるより早く餌に食いつく。

「主人さま、ありがとうございます！」

『ただしタダというわけにはいかない。アオにはオレの言うことを一つ聞いてもらう』

不穏なにおいがした。また他のＳｕｂを切れと言われたらどうしようと三津は逡巡《しゅんじゅん》する。

あの時は駄目だと言えたが、今回の代償は『猫っ毛。』のチケットだ。

「まず、条件を聞かせてもらおうか」

『直接会ってから話す。今夜、会えるか？』

主人から電話が掛かってきた時点で三津はパソコンのスケジューラーを起《た》ち上げていた。

「大丈夫だ」

『じゃあデートしよう。待ち合わせ場所は――』

デートという言葉に三津が硬直している間に、主人は駅に直結したホテルのカフェを指定し、電話を切った。

主人は何を要求する気なのだろう。

暗くなったスマホの画面を見つめ三津はぼんやり考える。

+　+　+

駅からの連絡通路を通り、目的のホテル――主人が指定したのはやはりその辺のビジネスホテルではなかった――に入ると、ロビーに併設されたカフェが目に入った。主人が指定した待ち合わせ場所だ。

オープンなカフェの内部はロビーから容易《たやす》く見渡せた。結婚式があったのか着飾った人が揺《た》蕩《ゆた》う中、三津は入り口から主人の姿を探す。

ルーズなニットを纏《まと》った主人の長軀《ちょうく》は座っていても目立った。すらりとしたシルエットに、窮屈そうに折り曲げられた長い足。主人が座るテーブルの反対側には赤いフォーマルなワンピースを纏った女が立っている。

――主人と、女。

なんということもない光景なのに、三津はその場に立ち竦《すく》んだ。

主人はまた人見知りを発動しているのか、怒ったような顔をしている。だが、女性は気にする様子もなく話し掛けていた。何とかして主人の気を惹《ひ》きたいのだ。

家でばかり会っていたからこういう場に行き会ったことがなかったけれど、この顔である。魅力的な女性に言い寄られることなど日常茶飯事なのだろう。よくよく観察してみれば、周囲の席の女性も主人を気にしている。

三津はとりあえず踵《きびす》を返した。今は主人と普通に話せそうになかった。幸いまだ約束の時間まで三十分ある。外の空気でも吸って、頭を冷やそうと思ったのだが、主人はそんな猶予さえくれなかった。

いきなり肩を摑《つか》まれ、心臓が止まりそうになる。

「どこ行くんだ」

ロビーは結構混み合っていたのに三津がいるのに気づいたらしい。主人はコートも持たず息を弾ませていた。自分が行ってしまうと思って急いで追いかけてきてくれたのだと思ったら、胸が締めつけられたように苦しくなった。

「いや、約束の時間までまだあるし、お邪魔かなーって思って……」

ぼそぼそと言い訳しているとハイヒールの音が近づいてくる。当たり前のように主人の横に立った女は、アップにした髪を真珠と生花で飾っていた。

あまりの眩《まぶ》しさに三津は思わず目を眇《すが》める。

華やかな女。主人は自分を必要としてくれているけれどそれはＳｕｂとしてだ。主人が男として愛するのは、多分こういう子だ。

最初からわかっていた。わかっていたのに、どうしてショックを受けているんだろう、自分は。

「いきなり走り出すからびっくりしちゃったよ。どうしたの、この人。具合、わるいの？　ホテルの人、呼ぶ？」

逆ナンするような子だから頭の中には男のことしかないのかと思いきや、女は普通に三津のことを心配してくれた。感じのいい子じゃないかと三津は投げやりに思ったが、圭人はそうは思わなかったようだ。

「何、おまえ。何でついてきてんの」

冷たく突き放された女が凍りつく。

なぜ自分がこんなことをと思いつつ、三津はその場を取り繕おうとした。

「あー。圭人、彼女とのお話し中におまえがいきなり席を立ったからじゃ」

「この女が勝手に話し掛けてきただけだ、お話しなんかしてねー。気持ち悪い奴だな。男漁《おとこあさ》りなら他を当たれよ」

顔が良すぎるとこれくらいしなければ身を守れないのかもしれないが、容赦がない。

「圭人、とりあえずお会計、してこいよ。ここで待ってるからさ」

圭人が彼女に欠片《かけら》も好意を抱いていなくてほっとしたものの、刺々《とげとげ》しい空気に耐えられなかった三津はとりあえず主人をその場から遠ざけた。

主人が席に置きっぱなしだったコートやマフラーを取りに行っても女はぐずぐずとその場に留まって立ち去ろうとしない。

「これからどこ行くの？」

「さあ。悪いけど彼は君に関心がないみたいだ。諦めて、他を当たってくれる？」

三津の腕がほっそりとした腕に絡み取られた。女がケーキのように甘い声で強請《ねだ》る。

「待って、友達がホテル内にいるの。すっごい可愛《かわい》い子。あなたに紹介してあげるから、ダブルデートしましょ？　いいでしょう？　彼を一目見た瞬間、私、運命を感じたの。お願い、協力して」

さすが逆ナンするような子だ。感じのいい子かと思いきや、押しが強い。でも、このくらいの子の方が罪悪感を覚えなくて済む。

三津はにっこりと笑った。

「悪い。彼はこれから俺とデートなんだ」

十数えるほどの間沈黙した後、女も嗤《わら》った。

「は？　キッモ！　男同士で何言ってんの」

蔑むような眼差《まなざ》しが胸に堪《こた》える。だがそれなら確かに粘っても無駄だと納得したのか、女はヒールを鳴らして華やかな集団へと戻っていってくれた。

　圭人が会計を終え戻ってきたので、来たのとは別の出口から外に出る。一歩外へ出た途端、冷たい空気が膚を撫《な》でた。

　ホテルの敷地を駅の反対側に進むと、驚くほど人通りの少ない路地に抜ける。毅然《きぜん》と顔を上げてまっすぐ前を見つめる圭人の横顔は凜《りん》としていて、同じ人間とは思えないくらい綺麗《きれい》だ。

　無理だ、と三津は思った。これ以上は無理。

「なあ圭人。他のＤｏｍとプレイしてみないか？」

　圭人の返答は低くドスが利いていた。

「は？」

「俺とのプレイで、グレアにもコマンドにも慣れただろう？　もしかしたら他のＤｏｍのコマンドも効くようになったかもしれない」

「絶対厭《いや》だ」

　圭人の声は臍《へそ》を曲げた子供のように意固地だった。

「成功すれば俺なんかじゃなく綺麗なお姉さんをパートナーにできるんだぞ？　お試しプレイの相手は俺が絶対安全かつ上手《うま》い奴を紹介してやる。他の施設に勤めてるＤｏｍだから、男でも女でもよりどりみどり、好きなタイプを紹介してやれるし、全員プロだから変に後を引くようなことも――」

「ふざけんな」

いきなり向き直った主人から後退《あとずさ》ろうとした三津の足が縺《もつ》れる。料亭っぽい店の壁に寄りかかった次の瞬間、耳のすぐ脇から聞こえてきたどかっという音に三津は竦み上がった。主人が殴りつけんばかりの勢いで木の壁に手を突いたのだ。

主人は怒っているようだった。

「オレはあんた以外の前で跪《ひざまず》かない。二度とそんな下らないこと言うな」

仄暗《ほのぐら》い喜びが込み上げてくる。

もしこの美しい男が自分だけに跪いてくれるのなら、どれだけ嬉《うれ》しいことだろう。だが三津が男である以上、主人はいつか必ず他の女の手を取るのだ。

「でも、主人は俺が他のＳｕｂとプレイするのが不満なんだよな？　我慢して浮気者とつきあうより、主人だけを大事にしてくれるＤｏｍとパートナーになった方がよくないか？」

「オレはあんたがいいんだよ！　あの時はガキみたいに駄々捏《こ》ねたけど、それがあんたの仕事なんだって理解した以上、もう文句なんか言わねーよ」

三津は段々会話を続けるのが厭になってきた。主人のためを思って言っているのに、どうして言うことを聞いてくれないのだろう。

「ありがとう。でも、俺はもう、主人とはプレイしない方がいいと思う」

雑に告げると愕然《がくぜん》とした顔をされ、罪悪感まで味わわされた。

「なんでだよ。オレが我《わ》が儘《まま》だからか？　ガキみたいな振る舞いをするからそういうことを言い出したのか?」

そんなことでは全然なかったが、そういうことにすれば納得してくれるならそういうことにしてしまおうかと思った時だった。いきなり視界が開けた。目の前に聳《そび》え立っていた主人が、三津の足下に跪いたのだ。

「えっ……?」

自分は今、《跪け》《Kneel》と言っただろうか。何が起こったのか理解出来ず混乱する三津の前で両手を地面に突くと、主人は頭を更に下げた。

「直す。これからはちゃんとオトナらしい振る舞いをする。だから頼む、捨てないでくれ!」

「へ……?」

これは、土下座という奴か!

三津は慌ててしゃがみ込むと、主人を立たせようとした。だが、主人は動こうとしない。それどころか、さらさらの猫っ毛を地面に擦《こす》りつけようとする。

「ちょっ、そんなことしなくていいって! 頭を上げろよ、人が見てるだろっ」

たまたま通りをやってきた親子連れが二人を凝視している。角を折れ、やってきた高校生らしきカップルもだ。今すぐ止めて欲しいのに、主人は動かない。

「アオがこれからもオレのＤｏｍでいてくれるって約束してくれなきゃ止めねー」

三津は泣きたいような気分になった。

「馬鹿っ。俺が一体どんな気持ちでこんなことを言っていると……」

震えてしまった語尾に、圭人が僅かに頭を持ち上げる。

「どんなって……ん？　俺が厭になったから切ろうとしたわけじゃないのか？　じゃあ誰かに何か言われた？」

ご主人様の機嫌を取ろうとする犬のように足下で小さくなっていた長軀が殺気を放った。

「誰だ余計なことを言ったのは。教えろよ、アオ。そいつ、ぶちのめしてやる」

「そうじゃなくて！」

誰にも何も言われていない。圭人の言うことは的外れだ。でも、心が震えた。自分を引き留めるため、圭人が必死になってくれたのが単純に嬉しい。

この男にこれ以上隠し事をするのは無理だ。

ここに至ってようやく心を決めた三津は圭人の耳元に口を寄せて声を潜めた。

「あのさ、圭人。実は俺……ゲイ、なんだ」

弾《はじ》かれたように顔を上げた圭人は鳩《はと》が豆鉄砲を食ったような顔をしていた。

まじまじと見つめられ、三津は目を逸《そ》らす。

「圭人はその、好み、だから。これ以上我慢できそうにないんだ。どういう意味かくらい、わかるだろ？」

おまえ、そんな目で俺を見ていたのか、とか。気持ち悪い、とか。おまえも俺の顔だけ見て寄ってくる女たちと同じだな、とか。そういう言葉を投げつけられるのだろうと思っていたのに、違った。

「脅かすなよな。なんだよ、そういうことだったのかよ」

いきなり手を握られ、今度は三津が目をぱちくりさせる。

「へ？」

立ち上がった圭人の顔はこれ以上ないくらい緩んでいた。

「アオってばオレを好きだったんだ？」

「えっ、いやそれは」

正面から言葉にされると面映《おもは》ゆい。言葉を濁すと、圭人がずいと顔を寄せてきた。

「違うのか？」

「違……っ、わない、けど、さー……」

おかしい。反応が予想とまるで違う。

「オレも今気づいたが、アオが好きだ」

三津は目を見開き、満面の笑みを浮かべた最高に顔のいい男を凝視した。

何をそんなにあっさりと受け入れてんだ、この男は！

「圭人、わかってんのか？　俺は男のくせにずっとおまえにいやらしい目を向けていたんだぞ？」

「そもそもオレをいやらしい目で見ない奴なんていねーっつーの」

思わぬ切り返しに、三津は一瞬絶句する。確かに主人は綺麗な男であるけれど、そんなことがあるわけが……いや、あるのか？？

三津は初めて主人とプレイした翌朝のことを思い出す。この男は相手が三津であっても貞操の心配をしていた。

もしかして、この男にとっては普通のことなのか？　告白してきたのが同性であることを、本当に何もまったく気にしていない……？

「さっき我慢出来そうにないって言ったけど、それってつまり、オレが好きすぎて、襲っちゃいそうだって意味？」

主人が目を細め、ふふんと笑う。秘していた欲をあけすけに言葉にされた三津は、かあっと躯《からだ》が熱くなるのを覚えた。

「いきなり何を言い出すんだ」

「好きな奴ができたらえっちしたいって思うのは男の性《サガ》だろ。悪いけど、オレ、男とは経験ないんだ。挿《い》れる方なら問題ないと思うけど挿れられる方についてはすぐにはできないかもしれない」

「いや、俺も主人に挿れる気はないっていうか……」

待て、挿れる方なら問題ないだと⁉

いっぱいいっぱいになってしまった三津に、圭人が顔を近づけてくる。反射的に逃げようとして、三津は尻餅《しりもち》を突いた。両手を顔の前に翳《かざ》し、ぎゅっと目を瞑《つむ》ると、耳元で圭人の声がする。

「何で避けんだよ。……もしかしてアオ、初めてなのか？」

「は、初めてじゃない」

いい年して未経験だなんて恥ずかしい。反射的に見栄を張ってしまった三津は一瞬で後悔した。圭人の目が据わっている。

「そっか。そーだよな。オレたち、同い年だもんな。で、誰とヤったの？　どんな奴だった？挨拶したいから名前、教えて？」

「いやそれは」

言い淀《よど》むと、しゃがみ込んだ圭人がずいと身を乗り出してきた。ちょっとでも身じろぎしたらキスしてしまいそうな距離に三津は逆上《のぼ》せそうになる。

「コイビトに隠し事する気かよ」

「こ、こ、恋人」

そうか。想いを受け入れて貰《もら》えたということは、恋人になるのか。

……あまりの超展開に、自分は今日死ぬんじゃないかって気さえしてきた。

「何だよ。厭なのか？」

「厭じゃないけど、名前なんか教えられない。というか、Neutral《ニュートラル》の長身イケメンだったってことしか覚えていない」

「そいつのこと、オレより好きだった？」

身じろぎもせず追及する主人の瞳孔が開いていて怖い。

「ネットで知り合って一回ホテルに行っただけの相手だし、好きとかそういうのは」

「ホテルに行って、どんなことしたんだ？」

三津は唇を舐《な》めた。また口から出任せを言いたくなったが、堪《こら》える。ここでまた見栄を張ったところでろくなことにならなさそうだ。

「どんなもこんなもない。それだけだよ」

「それだけってどれだけだよ！」

いきなり主人が壁を殴りつけ、耳元で鳴ったがんっという音に三津は軀を竦ませた。

「それだけはそれだけだって。ヤるつもりだったけど、どうしてもできなかったんだ。その、主人ともしかしたらできないかも……」

そうだ。いくら主人がその気になってくれたとしてもまた『駄目』かもしれないのだ。そう思ったら、ハイだった気持ちが萎《しぼ》んだ。

主人が更に身を屈め、三津の顔を覗《のぞ》き込んでくる。

「つまり、そいつとはヤってねーんだ？」

ケチのつけようがないほど整った顔を間近で見てしまった三津は、息を詰まらせた。

「う……」

頷《うなず》いたら初めてだと言うも同然だ。唇を引き結び視線を逸らすと、主人が唇をたわめる。

「何だよ。変な見栄張るなよな。初めてなのが恥ずかしかったのか？　可愛いーな」

「う、うるさい！」

「余裕のないアオってのも滾《たぎ》んな。だいじょーぶ。こっから先はオレが手取り足取り全部教えてやる。まずはお試しえっちといこっか」

「——は？」

両脇に手を差し込まれたと思った次の瞬間、視界が回った。どうやら主人に担ぎ上げられたらしいと理解した三津は焦る。

「嘘《うそ》だろ⁉」

体格差があるとはいえ、運ぼうとするか？　成人男性を！

「はい、危ないから動かない。おい、そこの。ここから一番近いラブホ、どこか知ってたら教えろ」

三津は両手で顔を覆った。この男は通りすがりの高校生カップルに何を聞いているのだろう！

「あ、そこの白い壁のビルがそうみたいですよ」

「サンキュ！」

にこっと素晴らしい笑顔を見せた主人にカップルが揃《そろ》って頬を染める。

信じられないことにラブホは、徒歩三十秒の距離にあった。これでは逃げる暇《いとま》もない。

ゆさゆさと軀が揺れる。主人の肩が腹に食い込んで苦しい。恐る恐る薄目を開けてみた三津はあまりの地面の遠さに震え上がった。

自分の軀が自由にならない状況でこの高さは怖い。いやそれより本当に主人は『お試しえっち』をする気なのか？

――――――！

脳がバグったに違いないと三津は思う。こんな都合のいい展開があるわけない。

現実逃避している間に、主人はラブホに突入し、部屋を取った。手際がいいのは経験豊富だからだろう。五分もしないうちに三津をどさりとベッドに下ろすとコートを脱ぎ捨て、馬乗りになる。

焦がれていた相手がしてくれるというのである。歓迎すべき展開なのだろうけれど、気がついたら三津の軀は逃げを打っていた。ぐいと肘を突いてシーツの上をずり上がり、主人の膝の間という狭い空間から逃れようと無理矢理軀を反転させて匍匐《ほふく》前進する。でも、膝が抜けるより早く主人に腰を摑まれ、亀の子のようにひっくり返された。すぐさま行為になだれ込むかと思いきや主人の動きが止まる。軀を捻《ひね》って見てみると、スマホを操作していた。

「なに、やってん、だよ……っ」

「男同士のセックスの仕方を調べている」

ぞわっと首筋の毛が逆立つ。

「つ、つけ焼き刃の知識で挑むのは危険だと思う！　日取りを変えて、ちゃんと準備してから仕切り直した方が……」

「間を空《あ》けたらアオ、逃げるだろ」

「そんなことは……」

ない、とは言えなかった。現に三津は怖気《おじけ》づいている。

――だって、また駄目かもしれない。主人に対して鳥膚が立つほどの嫌悪感なんて覚えたくない。

どうして好みだなんて言ってしまったんだろうと後悔していると、主人がスマホを置いた。調べ物が終わったらしい。

「よし、大体わかった。ヤるぞ」

「ちょ、待……っ、ふ」

また世界が回って、視界が主人に覆われた。ここが踏ん張りどころだ。主人の胸を押し戻して、ヤらない、心の準備ができていないとゴネなければと思ったのだけれど。気がついたら三津は目を瞑ってしまっていた。

くちびるが、あったかい。

額や鼻先、耳元にも甘い熱が押しつけられる。それからもう一度唇が塞がれ、舌がするりと挿し込まれた。

「ん……っ」

やわらかな肉塊が三津の口の中、別の生き物のように蠢《うごめ》く。唾液を纏いぬるぬると動くそれは信じられないくらい淫猥《いんわい》だった。

キスなんて単に口を合わせるだけだって思っていたのに上顎の裏を舌先で擽《くすぐ》られるたび、眠っていた官能がほじくりだされ、軀が目覚めてゆく。

「ふ、わ……」

「オレのキス、気持ちいいだろ？」

キスを解いた主人に囁《ささや》くついでに耳たぶを甘噛《あまが》みされ、三津はぶるっと震えた。

本当に、ただただ気持ちがよかった。

「震えちゃって、可愛いー」

ベルトの金具がかちゃかちゃと小さな音を立てる。スラックスを脱がす気なのだと頭の隅でぼんやり思ったが、抵抗する気力は甘すぎるくちづけに溶けてしまっていた。

「大丈夫だ。優しくする。アオの初めてが最高のものになるよう、とろっとろになるまで可愛がってオレなしではいられなくなるぐらい悦《よ》くしてやるから、期待しな」

サイコ味のある宣言が怖い。

身を硬くしていると耳の下に唇が押し当てられた。

「はは、アオが処女みたいに脅えてる姿、すっごいそそる。でも、一応言っとくな。いざとなったらコマンドを使っていいから」

「……え」

「気持ちいいことしかしないつもりだけど、どうしても無理だとアオが思ったんなら仕方がないからな」

そうかと三津は思った。自分はＤｏｍで主人はＳｕｂ、三津が本当に厭なら主人は何一つ強要できないのだ。逆に言えば、止められない限りはどんな恥ずかしいことだって三津が許しているということになるわけで。

「うう……」

ファスナーが下ろされ、スーツのスラックスが下着ごと引き下ろされる。キスだけで反応してしまった性器を主人の目に晒《さら》したくなくて三津は身を捩《よじ》ったけれど、もちろんそんなことで主人を止めることなどできず、あっさり下半身を剝《む》かれてしまう。

割り開いた足の間に座り込み長軀を丸めた主人に、恥ずかしい状態になっているモノのつけ根にキスされ、三津は音を上げた。

「わ、かった。わかったから、タイム、だ。風呂、入る。そのままだと汚いから、ちょっと待……っ！」

圭人が一旦顔を上げ、舌舐めずりする。タイムと言ったのに正面からぱっくりいかれ、三津は息を呑《の》んだ。

「う、嘘だろ……」

淫猥な舌が過敏になったモノをぬるぬるとくすぐる。

三津が膨らんでくると、圭人は更に深く三津を口の中に迎え入れ、喉の奥まで使って愛撫《あいぶ》してくれた。

「あ……っ、は、はあ……っ、あ……！」

こんなことさせちゃいけない止めさせなきゃと思うのに、腰は蕩《とろ》け、みっともない声をとめどもなく上げるのを止められない。圭人を引っぺがそうと頭に添えた手は押しのけようとする振りをしているだけだ。

気持ちいい。

他人から初めて与えられた快楽は想像していたより遙かに強烈だった。圭人が動くたびに三津の躯は甘く痺《しび》れ、理性が形をなくしてゆく。もう気持ちいいことしか考えられない。

大きなうねりに押し上げられるままに頂に達した三津の指がシーツに皺を刻んだ。

「あ、あ――――っ」

晴れ渡った空の下、思い切り走って切り立った崖から飛び立ったみたいだった。未知への恐怖と、緊張と、神経が真っ白に灼《や》き尽くされるほどの喜悦に三津は頭から呑み込まれる。

　圭人は三津が放ったものを、全部口の中で受け止めてくれた。強く吸って最後の一滴まで搾り取るサービスの良さに、三津の腰は敏感に反応して戦慄《わなな》く。

　快感の余韻に喘《あえ》いでいる三津の頬を軽く撫でると、圭人はバスルームへと姿を消した。開けっぱなしの扉から聞こえてくる音で、うがいをしているのがわかった。それが済むとすぐに戻ってくる。

「……?」

　ゆさゆさとベッドが揺れたと思ったら、圭人に抱き起こされ、三津は首を傾《かし》げた。

「アオ、こっちに寄りかかれ。上着を脱がす」

　頭の中をピンクの靄《もや》で占領されていた三津は、何を疑うこともなく圭人の言葉に従った。よく考えたらスーツの上着を着たままだった。皺《しわ》になったら困る。

　胸元に三津を寄りかからせてスーツを脱がせた圭人は、なぜかネクタイの結び目に指を突っ込んで引き抜くと、ワイシャツのボタンまで外し始めた。

「圭人……?　ふっ、ん……」

　何をしようとしているのか問おうとすると、キスされる。

　情熱的で官能的で、TKG《卵かけご飯》の作り方も知らなかった男ができるとは思えないほど巧みなキス。口の中を舐め回されるとイッたばかりだというのにまた感じてしまい、何も考えられなくなる。

「ん――」

かくして長いキスから解放されると、三津は全裸になっていた。

いや、ぼんやりと覚えてはいるのだ。キスしながら主人がワイシャツを肩から滑り落とし、アンダーシャツをたくし上げていたことは。多分、三津の抵抗を封じるため主人はキスしたのだろう。

――手慣れてる。

かつて主人は遊んでいた。最初からつき合う気など微塵《みじん》もなかったらしいから、行為も女の子の側の気持ちなんて欠片も考えない一方的なものだったに違いないと思っていたが、主人は飴玉《あめだま》を舐め溶かすように三津の理性を消失させた。

もしかしたら主人は突っ込むだけの男ではなかったのかもしれない。女の子たちと遊びながらちゃんと学習して、経験値を蓄積していたのかも。だとしたら、まずくないか？

「さて、本番と行こうぜ」

物凄《ものすご》く厭な予感がした。そして三津の勘は正しかった。

隠そうとする腕や足はたやすく開かれ、あるいはシーツの上に縫いつけられた。恥ずかしい場所が暴かれ、圭人の視線や指先、いやらしく蠢く舌によって、どこをどう愛撫すれば一番感じるか丹念に調べられる。

「圭人……だめだって……っ、も……っ」

静止の言葉に圭人は反応しない。グレアが乗っていないからだ。

「だめ？　こんなに感じているのに？　本当はもっとして欲しいんだろ？　なあ――アオ？」

少しハスキーな甘い声が三津の名を呼ぶ。

男らしい指がいまだ固く閉ざされた三津の蕾《つぼみ》を指の腹でなぞる。

圭人が三津の肉体についての理解を深めると同時に、三津は己がどれだけ感じやすいのかを思い知らされた。触って欲しいと渇望していたとはいえ、男の軀である。女性のようなわけにはいかないと思っていたのに、触れるだけのキスをされただけで、あるいは軽く指先でなぞられただけで三津の軀は快楽をすくいとった。

充血しきった性器を震わせて三津が尻に力を入れると、圭人は意地悪く愛撫を止めて波が過ぎるのを待つ。

「は……っ、は……っ、も、いーかげんにしろ、この、悪魔……っ」

イきたいのにイかせてもらえず、まだ一回しか出していないというのに早くも三津は息も絶え絶えになってしまっていた。

両手首を一纏めに押さえつけられた上に膝を割られ恥部を剝き出しにさせられた格好のまま

罵ると、圭人はさも不思議そうに首を傾げる。

「こんなにキモチよくしてやってんのに、何怒ってんだよ」

「も、おかしくなりそーなんだよ……っ」

心の底から困っているからこうやって訴えているというのに、圭人は口角を上げた。

「にやつくな、もげろ！」

「オレのがもげて困るのはアオだぜ？」

ぐずる子供をあやすように圭人がちゅっと三津の唇を吸う。何度も繰り返されるくちづけは甘く、吐き出すつもりだった悪態が吸い取られてしまう。

「はあ……っ」

「……は？」

「気づいてる？　お預けを食らうたびにあんた、色気が増している」

「イきたいのにイけない瞬間の、オレのことが欲しくて欲しくてたまらないって顔がまた凄く可愛くて、ぐっとクる」

三津は顔から火を噴きそうになった。

「ばか……っ、この、死ね……っ」

「厭だね。ここを味わうまで死ねない」

深く軀を折った圭人の舌を蕾に感じ、三津は軀をびくつかせた。

「挿れて、い？」

そう言った主人が尖《とが》らせた舌の先をねじこもうとくねらせる。すっかり蕩けてしまっていた三津の躯はそんな刺激にさえ感じてしまって。

「ん……っ」

三津は上掛けを引っ張ると、赤くなった顔を隠した。

多分、今の三津は女のような顔をしている。女みたいに、そこを主人のモノで犯して欲しくて、全身を疼《うず》かせているからだ。

男の躯はそういうことをするようにできていない。恐れはもちろんあるけれど、三津はずっと主人に恋い焦がれていた。

そうだ。初めて会った瞬間から三津は主人に惹かれていた。誰も知らないこの身体を暴かれるのは、この形のいい長い指がいいと思っていたし、この綺麗な男にえっちなことをしてもらえるなら、死んでもいいって思っていた。普通の友達の顔を取り繕いながら、三津はずっとそんなことを考えていたのだ。

おまえ、本当にこんな俺なんかを恋人にしていいの？

多分、バスルームに立った時に用意してあったのだろう。ローションのパッケージを開封する音がした。たっぷりぬめりを纏わせた指が、顔を隠したままの三津の尻に触れる。

「息を吐いて、力を抜くんだ。はい、いち、に、さん」

「……っ」

にゅぐっと指が入ってきた。覚悟していたような痛みはなかったものの、入ってはいけないところに入れてはいけないものを入れられた感が酷《ひど》い。

「は……っ、は……っ」

浅い呼吸を繰り返し、逃げ出したい気持ちを必死に堪えていると、主人が太腿《ふともも》にキスしてくれた。

「大丈夫だ。すぐ気持ちよくなる。ええっと、腹側の――」

指がそろそろと三津の中を探る。すぐに何かを見つけたらしい。確かめるように一点をぐうっと押された瞬間、三津は声にならない悲鳴を上げた。主人の指を包む肉壁がきゅうっと収縮する。

何、これ。なんか凄く変な感じがする……？

「あった……」

そして三津は、甘い地獄に突き落とされた。

指が、そこを執拗《しつよう》に撫でさする。

「……っ、……っ、んっ、う――っ」

急所を肉の内側から直接弄ばれているような恐ろしさがあってじっとしていられないが、くわえこんでいる指からは逃げようがない。たまらず腰をもじもじさせると、その動きがまたそこへの刺激となってしまい……三津は上掛けに歯を立てた。

「アオ、ホテルの備品を食い破ったらだめだろー？」

だがすぐ何をしているのか目敏く気づいた主人に上掛けを奪われ、三津は涙目になる。

「……かっわい」

「黙れ」

こっちは丸裸にされているというのに、主人は靴を脱いだだけでデニムもニットも着たままだった。自分だけこんなに乱されているのに涼しい顔をしているのも腹が立つ。

「そんなに何か口に入れたいなら、こうするか」

ふむと首を傾けると、主人は指を二本、三津の口の中にねじ込んだ。

戸惑っていると唾液に濡《ぬ》れた指先にぬるっと上顎の裏をなぞられる。

「……っ」

幾度となく与えられたキスで、三津はもう、口の中で感じることを覚えてしまっていた。イイところをくすぐられると、ぎゅんっとゲージが上がる。

「ん、ふ……っ」

尻に挿入されている方の指も動きを再開する。指をくわえさせられていると声を抑えられないことに気づいたけれど、遅きに失するもいいところで。

「んっ、ん、ふ、あ……っ」

三津は悪戯《いたずら》を続ける主人の指を甘噛みした。

ずっといじられている尻の奥が火照ってくる。同時に小さな凝《しこ》りのようなものがそこにあるのが、何となく感じられるようになってきた。それを指で揉《も》み込むようにされると、訳のわからない電流のようなものが走って腰が跳ね、嬌声《きょうせい》めいた声が漏れる。

「あ、あ……」

自分のえっちな声に、主人にいやらしいことをされているんだと生々しく感じた。

撫で回されている口の中が気持ちよくて、三津の前は勃《た》ちっぱなしだ。

小さいと感じていた凝りは何だか腫れぼったくなってきて、存在感を増している。

「中、気持ちい？」

三津の中で指を蠢《うごめ》かせながら主人が問う。呑み込まされた指はいつの間にか三本にまで増えていた。

「？」

三津はぼんやりと考える。腹の奥のじんじんする感じ。これが気持ちいいってことなんだろうか？

「あ……？」

ぱちっと何かが頭の芯で弾けたような気がした。

「あ……あ……っ」

腰が甘く蕩ける。快美な蠕動《ぜんどう》を繰り返していた肉がきゅうっと締まって、圭人の指を締めつけた。

何か、クる。

絶頂の予感に腰をよじると、あろうことか指がぬるんと尻から出ていってしまった。口も解放され、三津は気がつかないうちに零《こぼ》れていた涎《よだれ》を拳で拭う。

「いやだ、もっと……」

圭人がタイトなデニムの前を開いた。既に充血し始めていたモノを取り出すと、ベッドサイドに置かれていたローションのボトルを摑み、キャップを外す。中身を掌《てのひら》に出すと、圭人は己のペニスに手を添え、扱《しご》くようにしてローションを塗りつけた。

圭人のモノが、手の中でみるみるうちに膨らみ、表面に血管を浮かせてバキバキに反り返ってゆく。あまりの迫力に三津は思わず視線を泳がせた。あれだけ大きなモノを入れられるのかと思うと怖い。でも、自分に欲情してくれているからこそああなっているのだと思うと嬉しくもあって、僅かに呼吸を荒げ、にちゅにちゅと長大なモノを根元から先端近くまで擦り上げている姿をちらちら盗み見てしまう。

ああ、うずうず、する。

三津は片膝を立てて自ら秘部を圭人に晒した。

「も、来いよ」

ぎしりとベッドが軋《きし》む。三津にのし掛かって来た主人は無言で三津の右足を担ぎ上げると、がちがちに張り詰めたモノに手を添えて腰を進めた。

蕾が押し広げられる。

熱く硬いモノがにゅるんとぬめり、三津の中へ、中へと埋まっていった。

「……っ、あ」

散々弄《いじ》り回され腫れ上がった凝りの上を、圭人の太いモノが通過した瞬間、三津は頭を仰け反らせる。

何だ、これ。凄くいい……！

時間を掛けて愛撫され、十分熟れた三津の躯が感じた痛みは僅かだった。

極限まで感じやすく仕上げられてしまったせいで、圭人がどう動いても感じる。

「は、そ、こ……っ」

「ん」

途中で一旦抜かれ、後ろから貫かれた。イイところで腰が揺すられる。

「あ、あ、あ……っ」

ぶるぶるっと躯が震えた。ああ、凄くいい。

「け、けいと、けいと……っ、イく、イきたい……っ」

イく寸前までキているのになかなかイけず、三津は身悶《みもだ》えた。凄くイイけれど、中への刺激だけでは足りないのだろうかと思い右手を伸ばそうとしたら肘が折れる。もうとろとろになってしまって、片腕では上半身を支えられなかったのだ。

手を突いていないと上半身がシーツに押しつけられて息が苦しい。でも、ぱつぱつに張り詰めたモノを扱きたい。

尻だけを突き出した淫猥な格好で喘いでいると、主人が三津のペニスを握った。さっきまで主人のモノを扱いていた掌が三津のモノを握っているのだと気がついたら、頭が沸騰したようになってしまって。

「あ……っ」

世界が真っ白になる。腰の奥から湧き上がってきた熱を放つ快楽に、三津は陶然となった。

＋　＋　＋

三津が目覚めた時には朝になっていた。

横を見ると、裸の主人が寝そべって三津を見ている。

「ちゃんと、できたんだ……」

現実を噛み締めるように呟《つぶや》いた三津に、圭人が唇を尖らせた。

「何だよ、それ。オレがリードしてできないわけないだろ」

「いや、そういう意味じゃなくて。Ｎｅｕｔｒａｌの奴とヤろうとした時はもう本能が拒否しているレベルで駄目だったから」

「あー、プレイ前にそんな話してたな。もしかしてそれ、アオのトラウマ？」

「別に——」

そんなことないと言おうとして、三津は本当にそうだろうかと思い直す。自分ではとっくに割り切ったつもりでいたけれど、あれ以来三津は面倒だと恋愛そのものを諦めてしまっていた。遠くから見ているだけの方がいいと『猫っ毛。』さんにのめりこんでいたのももしかして。

「トラウマになっていた……？」

「克服できてよかったな」

その通りだが、もやもやとしたものが残る。

「でも、どうしてあの時は駄目だったんだろ」

「相手がオレじゃなかったからだろ——と言いたいところだけど、相手がＮｅｕｔｒａｌだったからじゃないか？　相手が初めてで自分が抱く側だったら、Ｎｅｕｔｒａｌの男なら絶対主導権《しはい》を握ろうとするだろ」

つまり。

「Ｄｏｍの本能が支配されることを拒否したってことか？　だが、圭人も昨夜、俺をリード《支配》していたよな？」

「オレの場合はアオの許しを得てリードさせてもらっただけだ。主導権はアオにあった」

三津は顔を顰《しか》めた。

「つまり、俺はどんなに嫌悪していても徹頭徹尾Ｄｏｍで、抱かれる時にも支配権を握らずにはいられないってことか。抱く側としては厭じゃないのか？」

圭人はまったく気にしていないようだった。

「いいんじゃね？　結局、好き勝手させてもらったし。途中で止められたらどうしようかとは思ったけど、本当に厭がられているのか厭よ厭よも好きのうちなのかがわかって逆によかったかも。オレ、こう見えて、割と後から色々と考えちゃう方なんだよ。本当は痛かったのに我慢させちゃったんじゃないかとかさ」

「……」

三津はもそもそと軀の向きを変えると、圭人に背を向けて毛布を頭から被《かぶ》った。顔から火が出そうだった。厭よ厭よも好きのうちって！　……その通りだが！

「アーオ」

毛布が剝かれ、圭人が覆い被さるようにして顔を寄せてくる。求められるままキスに応えて、戯れるように触れてくる指先に、これが『いちゃつく』ということなのかと、二十九歳にして初めての経験を嚙み締めていると、圭人がむくりと上半身を起こした。

「なあ、オレたち、パートナーになったってことでいいんだよな？」

「うん……？　そうかも……？」

「パートナーなら他のＳｕｂとプレイしたりしないよな」

満面の笑みを浮かべる圭人に三津は呻《うめ》き声を上げる。

「待て待て待て。仕事だぞ？　簡単に辞めたりできないってことくらい、わかるよな？　もし辞めたら次の仕事だって見つけなきゃいけないし……うっ、就職活動……面倒くさ……」

二十九歳で職歴は非常勤の施設勤務である。売りと言えばＳｕｂを虜《とりこ》にできるプレイができることくらいだが、Ｓｕｂ向けの風俗とかホストクラブを狙うのでもない限り何の役にも立たない。

「そういえば、施設職員って利用者とヤりまくっているんだろ？　何でアオは初めてだったんだ？」

「あのな。公的な施設の職員にそんなことが許されるわけないだろ」

「え」

カラメル色の目がまん丸になっているのを見た三津は、世間にはどこまでとんでもない誤解が横行しているのだろうと脱力した。

「もちろん利用者同士で合意の上ならアリだが——そうでないとお試しの意味がない——、職員が性的なことと暴力的なことをするのは御法度だ。危険なプレイの監視だって基本的にはAIがやっている」

「じゃあ、アオたちは一体何をしているんだ？」

「何って、主人にしてきたのと一緒だ。コマンドだけのプレイ。物足りないかもしれないけれど、不調の解消はそれで十分できただろ？」

　主人の腕から力が抜け、のしかかられた三津が潰れる。

「重……っ」

「何だ、そうか。コマンドだけだったのか」

「そうそうコマンドだけ。だから仕事、続けてもいいだろう？」

「やだ。なあ、オレが養ってやるって言ったら、仕事辞めるか？」

　真剣な顔で提案され、三津は奥歯を噛み締める。

　正直ぐらっときた。

「……働かずに食べていけるなんて最高だが、そんなことしたらどこまでも堕《お》ちてしまいそうだからやめておく。それより息ができないんだが」

「じゃ、オレが次の就職先用意してやるって言ったら？」

「わーうれしー、けど、いい」

　三津は腕に力を込め、主人を押しのけた。

「とりあえず主人が何が何でも俺に他のＳｕｂとプレイして欲しくないのはわかった。わかったから、少し待て。何か考える」

　主人が肩口にぐりぐり頭を擦りつけてくる。

「いつまで待てばいい？　今月いっぱいか？　それとも来月？」

「そんなにすぐできるか。子供じゃないんだ、駄々を捏ねるな」

　尚もひっついてこようとする主人をどうにかこうにかどかすと、三津は慎重に起き上がった。中にはまだ違和感が残っているし、股関節が痛い。不快だが、主人に愛された証《あかし》だと思うと幸せを覚えなくもない。

「アオ？　どこ行くんだ？」

　腰に巻きついてきた手を、アオは軽く叩《たた》いた。

「腹が減ったし、そろそろ仕事に行く支度しないと。――と、そうだ」

　三津は全裸のままベッドを下りると、床に転がっていたボディバッグを手に取った。床に胡《あ》座《ぐら》をかいて中を引っかき回し、見つけたものを主人へと投げる。ぱしっと音を立てて手の中に収まった平たい箱を、主人は凝視した。

「これは」

「やる♡」

　ベッドに戻ってきた三津は、見つけた下着に足を通すと、アンダーシャツに頭を突っ込んだ。

「オレが貰っていいのか？」

手櫛《てぐし》でくしゃくしゃになった髪を整えながら、三津は片目を瞑ってみせる。

「いいに決まってる。主人に似合うと思って買ったんだ」

「えっ」

ワイシャツに腕を通した三津は首を傾げた。

「何だ、その反応は」

「家で見つけた時は、何でもないって取り上げただろ。だからてっきりオレ以外の誰かにあげるつもりなんだと」

「おまえ以外誰にあげるっていうんだよ」

本当は首輪をあげて、主人を自分だけのものにしたかった。でも、好かれているわけでもないのに馬鹿かと思う気持ちもあって、迷走した末になぜかチョーカーを買っていた。いくら似合ったとしても、友達にアクセサリーを贈るか普通と後で思ったけれど、返品する気にもなれなくて。

「もしかしてあの時から……アオはオレが好きだった？」

期待に満ちた眼差《まなざ》しに、散々思い悩んできた日々が走馬灯のように蘇る。

「いいや」

「じゃあいつからアオはオレを好きだったんだ？」

三津はやわらかな色味の前髪を掻き上げてやると、眉毛をハの字にしても美しい主人の額にキスした。

「あの時よりずっと前、初めて公園で会った時からいいなって思ってた。……って、ちょ、しないぞ？　もうホント、無理だからな⁉」

問答無用で抱き締められ、三津は藻掻く。

長い腕。あたたかい胸。この男にこうやって抱き締めてもらえるなんて夢みたいだ。

主人は腕を緩めると、掛かっていたリボンを強引に引っ張って外し、箱を開けた。

「アオ、つけて？」

ぐいぐいと押しつけられ、三津は苦笑しつつ受け取った箱からチョーカーを取り出した。長身の主人につけてやりやすいよう膝を突いて、後ろを向かせる。前からだと三本の細い革紐《かわひも》をぐるぐる巻きつけているように見えるが、うなじで銀の金具を留めればいいだけらしい。小さな金具を慎重に指先で押さえて、くるくるとねじ込んでゆく。

――――あ。

三津は眩暈《めまい》を覚えた。

身の裡が何とも言えない充足感に胸を満たされてゆく。

首輪ではなくアクセサリーなのにクレームが成り立った《二人の間に特別な関係が成立した》と、三津の中のＤｏｍは判断したらしい。

主人も綺麗な顔にこれ以上ないくらい嬉しそうな笑みを浮かべている。三津にキスすると、主人は鏡を見るためにベッドから飛び下りていった。

「これを買った時は主人に渡せると思ってなかったんだよな。こんなことならもっと首輪らしい首輪を買えばよかった」

主人にはダイヤモンドでもサファイアでも似合いそうだ。

だが、主人は満足そうだった。

「いいんだ、これで。いかにもな首輪をつけて関係ない奴にまでわざわざSｕｂだと知らしめたくないし。これならいつでもつけてられるし。何よりオレに似合ってる」

パンツ一枚の姿で鏡の中を覗き込んでいた主人が軀を反転させると、素膚の上を渡る黒い革紐が目立った。鎖骨の上にきらりと光るちっぽけな銀のチャームも控えめなのでどんな服装にも合いそうだ。

「気に入ってくれたんならよかった。一緒にライブ行く時にもつけてきてくれよな」

大好きな『猫っ毛。』のライブに、自分の首輪をつけた主人と行くなんて最高だと思ったのだけれども、三津の言葉を聞いた主人は——何とも言えない顔をした。

＋　＋　＋

仕事を終えて帰宅すると、玄関に黒いトレンチコートを着た主人が座り込んでいた。ブラックデニムやコートの裾が汚れてもお構いなし、ブーツに守られた長い足を投げ出して座っている。ヘッドホンをつけているから音楽を聴いているのかと思ったが、電話をしていたらしい。

「――時間がないのはわかってる。でも、何かしっくりこないんだから仕方ないだろ。あー、うん、うん……最優先でやってるから――って、あっ、アオが帰ってきたから切るぞ」

門を開けたところでようやく三津が帰ってきたのに気がついた主人がヘッドホンを外し、首に掛けた。

「おかえり、アオ」

「ただいま、主人。何？　仕事の電話？　うまくいってないのか？」

心配する三津に笑ってみせると、主人は立ち上がってコートの裾を叩いた。

「あーいやうん、まあ。何というか、閃《ひらめ》き待ち？　急《せ》かされたってどうしようもないのに柊《しゅう》の奴、うるさいんだ」

恋人の男ぶりの良さに、三津は改めて惚《ほ》れ惚れする。美人は三日で飽きるというが、つき合い始めてから主人はますます美しさを増しているように思えた。最近ではきらきらしたエフェクトすらかかっているように見える。

玄関の前に立ってボディバッグの中を探っていると、圭人に背中から抱き込まれた。

「おい、せめて中に入ってから」

「ん」

肩口にぐりぐり頭を擦りつけてくる圭人を適当にいなし見つけた鍵を使い中に入ると、視界が回る。あれ？　と思った時には背中が扉についていて、目の前にドアに手を突き長軀を屈めた圭人がいた。身長差があるのでそうでもしないとキスしにくいのだ。

三津は顔を仰向けながら、圭人のトレンチコートを摑む。ずっと外で待っていたせいで冷えてしまったのだろう。圭人の唇はひんやりしていた。

「――――ん」

躊躇《ためら》っていたのが馬鹿みたいに、圭人と三津のおつき合いは順調だった。表面上はつき合い始める前と何の変わりもない。圭人は仕事帰りを狙ってはやってきて、一緒に飯を食って、だらだらだべって帰ってゆく。

変わったのは、圭人がハイネックの服を着なくなったこと。襟元に三津が贈ったチョーカーがいつも覗いていること。三、四日に一度だった来訪頻度が毎日になったこと。距離がやたらと近いことや隙あらば際どいところを触ったりくちづけたりすること。それからセックスするようになったこと。

「は……」

主人のキスはいつも甘い。

服の下に潜り込んできた悪戯な指に煽《あお》られるまま主人の首に両腕を回すと、下半身が擦りつけられる。しゃくりあげるような腰の動きがいやらしい。

「主人、準備、してくる、から……っ」

「手伝う」

「えっ、ちょっ、いらない……っ、本当にいらないって、主人……っ！」

抵抗も空《むな》しくその場で下肢を剝かれた。たっぷりローションを纏った指が突っ込まれる。

「くそ……っ、駄目だって、言ってんのに……っ」

本当に止めたかったら言葉にグレアを乗せればいい。そうしない時点で色々とお察しだ。

死ぬほど恥ずかしいけれど、薄ら寒い玄関で主人の肩に縋《すが》り、尻を弄くり回されるのはどうしようもなく気持ちよかった。

「あ……っ、あ……っ！」

「ワイシャツにネクタイ締めたままよがるアオ、えっろ」

手際よく片足を抱えられ、主人のがちがちに硬くなったモノを突っ込まれた時には、真冬の寒さも感じないほど熱くなっていて。

「アオん中、ヤるたびによくなってるみたいなんだけど、何でだ？」

「……っ、しるか、よ……っ」

「腰の振り方もえろ度が上がってる。アオが動くたびに絞り上げられるみたいにぎゅっとなって……すっげ、いい」

「あっ、ちょっ、待てそこは……っ」

イイ場所を狙い撃たれ、圭人が一回イくまでに三回も中イキさせられる。この野郎と思ったが、思っただけ。普段は息をするよりも容易《たやす》く放てるグレアで圭人が止められることはない。

「はーっ、はーっ」

コトが終わると、圭人が冷蔵庫から水のボトルを持ってきてくれた。

喉を潤しながらＤｏｍでこんな風にＳｕｂに翻弄されている奴などいるのだろうかと思うが、そもそもＤｏｍなのにゲイである上、突っ込まれる側だという人間など他に知らない。もしかしたら自分だけなのかもしれない。

悦かったセックスの余韻から抜け出せずぼーっとしていると、圭人に茶の間の座布団の上まで運ばれる。それから数枚の書類を渡された。

「何これ」

「契約書のひな形。順番が逆になってしまったけどパートナーになったんだ。ちゃんと契約を結ぼうと思って。内容、これでいいか目を通してくれ」

クレーム《首輪をあげた》した時やパートナーになった時、Ｓｕｂ／Ｄｏｍ間で契約書を作ることがある。内容はＮＧ行為やお仕置きの仕方などＳｕｂを守るための取り決めが多い。無茶なプレイで警察沙汰になった時などに大活躍する代物だ。施設でも作成を推奨しており、三津も手続きを手伝ったことがある。なるほどと納得しかけたが。

「待て。二枚目がおかしいんだが」

二枚目は主人が死亡した時、全財産を三津に譲るという遺言状だった。

ダイナミクスへの理解が進んだ結果、正式な手続きを踏めばパートナーにも相続権が発生するようになっている。その手続きに必要な書類も三枚目に用意されていた。Ｎｅｕｔｒａｌでいうところの婚姻届に該当する書類だ
「主人、契約書はともかく、遺言書は早すぎないか?」

「でも、人なんかいつ死ぬかわからないし、親兄弟には一円たりとも渡したくないから」

「ええ……身内で骨肉の争いでもしてんの……?」

「うちはオレ以外全員Ｄｏｍなんだ。しかも変な選民意識を持っていて、Ｓｕｂを見下してる」

ということは『猫っ毛。』さんも? と考え掛け、三津は思考を止めた。『猫っ毛。』は動画で見た通りのいい人に決まってる。選民意識など持っていないしＳｕｂを見下したりもしないことなど確かめるまでもない。

「もちろん親族全員がそういうわけじゃない。母方の祖父なんかはクズの筆頭と言ってもいい父を死ぬほど嫌っていて、早く家を出ろと結構な財産を遺してくれた。おかげで好き勝手やれ

ているが、もしあの金がなかったらどんな扱いを受けていたか知れねー」

三津の顔から笑みが消え、かつて怒っているみたいだと評された真顔になる。

「貰った祖父の財産があいつらの手に転がり込むようなことには絶対になって欲しくないんだ。それに何よりオレはアオのことを、あ……あ……愛している、から」

急にどもったかと思ったら真っ赤になった主人に釣られ、三津の頬も熱を持つ。

「やめろ。照れるな。こっちまで恥ずかしくなる」

「しょうがないだろ。こういうこと言うの、初めてなんだし」

「おまえ、女の子をちぎっては投げちぎっては投げしてたんじゃなかったっけ？」

「昔のことを持ち出すなよ。大体なあ、オレはあいつらに好きと言ったことなんかねーんだ。しつこいから、責任なんか取る気全然なくてもいいならって条件つけてゴニョゴニョしただけで、その後は本当にもう、オレの顔なんて見たくないって思うくらい冷たくしてやったし」

「うわ、最低」

三津の軽口に主人がぶち切れる。

「つき合っても傷つけられるだけのくそ男だと思われたかったんだよ！　普通に断ってもあいつら諦めやしないし」

「でもヤったんだろ？」

「それは……まあ……ヤりたい盛りだったので。でもオレ、好きだって思ったのってアオが初めてだから。気持ちのこもったセックスだって、アオとしかしたことない」

人生何が起こるかわからない。恋人なんか一生できないに違いないと諦めていたのに、三津は今、誰よりも綺麗な男から結婚するも同然の関係になって欲しいと強請《ねだ》られている。

悪い男の振りをして追い払わねばならないほど女が寄ってきていたのに、こいつは三津がいいらしい。しかも三津が初恋だという。

これは本当の本当に現実なんだろうか。実は夢でしたなんてオチがつかないだろうか、なんて心配になってしまうけれど。

三津は身を乗り出し、ちゅっと主人の唇にキスした。

「後でやっぱり女がよかったなんて言ったらもぐからな」

「言うわけないだろ。初めてシた時にわかった。もう女なんか要らない。アオの方がずっといいって」

それは下の意味で、だろうか？

――どっちでも、構わない。

「そこまで言うなら仕方がない。なってやるよ、おまえのＤｏｍに。今日から俺たちは運命共同体だ」

正直、出会ってから一年も経《た》たないのに早すぎると思うし、主人の話した家庭環境からは面倒ごとに巻き込まれそうなにおいがぷんぷんする。だが、くそったれなＤｏｍを躾《しつ》けるのは大好きだし、何よりこんな告白をされて浮かれない男がいるだろうか。

――結婚かあ。まあ、相手は圭人、不足はないし。いつかそういうことになったらいいなと思わないではなかったし。

もしかしたらまだ自分には見えていない面があるかもしれないし、後悔することもあるかもしれない。でも今は、この可愛い男を手に入れられるなら何でもいいという気分だ。

三津は覚悟を決めて舌まで入れた濃厚なキスをぶちかます。だが、経験値では圭人が上、すぐに攻守をひっくり返され、とろとろにされてしまった。

+ + +

万が一にも下らないミスをして手続きは無効だったなんてことになったら厭《いや》なので、弁護士に仕上げと手続きを任せる、もう明後日《あさって》に会いに行く予定を入れているというので、三津《みつ》もついていくことにした。

オフだったがスーツを着て、ネクタイを締める。圭人《けいと》は砕けた服装で来そうだが、有事の際にはお世話になる相手である。いい印象を与えておくに越したことはない。

「まあ、この頭じゃあんまり意味ないけどな」

鏡に映る己の姿を三津はまじまじと眺める。

鳥の巣のような髪型がユルい。真顔だと妙な圧があるが、いつものようにはにかんだ笑みを浮かべていれば、体格に恵まれていないせいもありいかにも人畜無害そうだ。

手持ちの中では一番いいアンゴラのコートを纏《まと》うと、三津は外に出た。のんびり歩いて駅まで行くと、都心に向かう電車に乗る。ドア脇に立ち外を見ていると、視線を感じた。

——あ、まずい。あの子だ。

最低なＤｏｍ《ドム》に引っかかりドロップに陥りそうになったところを助け、パートナーになって欲しいという申し出を断ってから、ストーカーとなっていた子。

最近姿を見なくなったから諦めたのかと思っていたのにこんなところで見つかってしまうとはと思ったけれど、今日の行き先は弁護士事務所、揉《も》め事を処理するプロである。何かあったら相談に乗ってもらえばいっかなどと考えながらターミナル駅で電車を降り、最初の目的地に向かう。途中で『猫っ毛。』の歌が聞こえたので見上げると、大型ビジョンにネイルのＣＭが映し出されていた。本人が出ているわけではないがちょっと嬉《うれ》しくなる。『猫っ毛。』は新しく始まるアニメの主題歌も歌うらしい。

——『猫っ毛。』さん、どんどん遠い存在になってゆくなあ。

推しが売れて嬉しいはずなのに、なんだか淋《さび》しい。ファン心理は複雑だ。

主人とは弁護士事務所で落ち合うことにしていたので、その前に職業安定所を覗《のぞ》く。ネットでも転職先を探してみてはいるが、なかなかぴんとくるものがないのだ。

——俺は一体どんな仕事をしたいんだろう。

どんな仕事も今以上のやりがいを得られるとは思えない。

一時間ほどで切り上げて主人に教えられた住所の近くまで来た三津は、際立った長身を見つけて頬を綻《ほころ》ばせた。

声を掛けようとして様子がおかしいのに気づく。四十歳近いスーツの男と大学生くらいの男の二人組と揉めているようだ。主人がこちらに背を向けているのをいいことに三津は何食わぬ顔で一行に近づくと、すぐ傍《そば》の角に隠れ、聞き耳を立てた。

「主人、これはおまえだな?」

偉そうにスーツが言い、主人にスマホの画面を突きつける。動画を再生して見せているらしく『猫っ毛。』の声が聞こえた。ネイルのＣＭソングについて解禁になった時の告知らしく、ライブもやらせてもらうことになったけど応募者が少なくて席がガラガラなんてことになったらヤだから皆お願いしますと応募を強請っている。

「へえ、兄さん、動画なんか見るようになったんだ。イチヤが作ってるって聞いた時には時間を無駄にしてって鼻で笑っていたのに」

兄さん⁉

つめる。
三津は見つかる危険も顧みず角から顔を出した。まじまじと主人と相対している男の顔を見
最初にちらっと見た時の印象通り、主人より一回りは年上だった。明らかに『猫っ毛。』で
はない。主人の家族は四人だと聞いていたから兄弟は『猫っ毛。』だけだと思っていたがそう
ではなく、父親か母親が亡くなっていたのだろうか。
どうやら一緒にいる大学生がイチヤだったらしくショックを受けているが、スーツは悪びれ
る様子もない。
「私の友人の一人が打ち合わせの場でおまえを見たとわざわざ教えてくれてな。おまえ、『猫
っ毛。』などというふざけた名で歌手の真似事《まねごと》をしているんだって？　どういうつもりだ」
三津は息を詰める。
主人が『猫っ毛。』という名で歌を歌っている——？
「別にオレはオレのしたいことをしているだけだ」
「いい歳《とし》をして、馬鹿じゃないのか、おまえは」
段々と状況が見えてくる。どうやらこの男は兄のくせに弟の見分けがつかないらしい。
『猫っ毛。』の代わりに責められている主人も誤解を解こうとしなかった。『猫っ毛。』を庇《かば》う
つもりらしい。仲が悪いと言っていたくせに、である。
とすっと、また胸に何かが刺さる。この男はどれだけ自分を好きにさせる気なのだろう。

今すぐ出て行って加勢したいが、多分主人の兄はまだ三津の存在を知らない。出て行って余計ややこしくすることはないと、思っていたのだが。

「いつかは目が覚めるだろうと思って好きにさせてやっていたが、もう駄目だ。帰ってこい、主人。天賀《あまが》の名をこれ以上貶《おとし》めるな！」

は？

三津の口元からいつも浮かべている笑みが消えた。

この男、今、『猫っ毛。』さんが家名を貶めていると言ったか？

主人の兄である。上っ面だけでも友好的な関係を築きたいと思っていたが、『猫っ毛。』を悪く言うなら仕方がない。

すみやかに敵判定を下した三津はもはや慈悲をかける余地なし、『猫っ毛。』さんを侮辱したことを必ず後悔させてやると、お仕置きモードに移行した。

思うに、出会った頃の主人が『猫っ毛。』のことをこき下ろしていたのは、こんな風に言う輩が傍にいたからではないだろうか。主人と『猫っ毛。』の仲が悪いのも、こいつのせいかも。

「そんなことを言うためにわざわざこんなところまで来てオレを待ち伏せしたのか？　兄さんも暇だな」

「主人！」

「兄さんがどう言おうとオレはしたいように生きる。オレはあんたたちが飼ってるＳｕｂ《サブ》とは違うんだ」

　ここで敵であったはずの大学生が口を挟んだ。

「主人、俺は音楽については辞めることはないと思っている」

「イチヤ⁉」

　身内の突然の裏切りに、スーツが驚愕《きょうがく》の声を上げる。三津も掌《てのひら》で口元を押さえた。

　面白くなってきたぞ。

「カズトさん、『猫っ毛。』は凄《すご》いんだ。主人には才能がある。でもそれはそれとして、主人。おまえさ、今日、何のためにここに来たんだ？」

　初めて主人が動揺を見せた。

「イチヤには関係ない」

「ばあやさんに聞いた。最近変な男の家に入り浸っているんだって？」

　一体誰の家にと考え掛け、三津は気がついた。

　俺か！

「そいつ、何なの？　まさか主人、正式にそいつとパートナー契約する気じゃないよね？」

　三津は固唾を呑《の》んで主人の返答を待った。ビルの角に張りつき覗き見するといういかにも不審な行動を取っている三津を通行人がじろじろ見ていくが、そんなことを気にしている場合じゃない。

「オレが誰とパートナーになろうが、オレの勝手だろ」

「もちろんそれは主人の自由だけど、もう一度よく考えてよ。そいつ、本当に主人にふさわしい相手なの？　実は主人がアマガジャパン会長の息子だって知って取り入ってるだけってことはない？」

　更なる驚きに三津の頭の中は真っ白になった。

　アマガジャパン！　金に不自由していないと思ったら、主人は大会社の会長の息子だったのか。

「そもそもＳｕｂはＳｕｂとパートナーにはなれないんだよ？　確かに主人は見た目、Ｄｏｍにしか見えないけど――」

　ん？　と首を捻《ひね》り、三津はビルに背中を預けた。確かに主人はＳｕｂらしくないＳｕｂで、三津はＤｏｍらしくないＤｏｍだ。外側から二人の関係を読み取るのは不可能に近いけれど、なぜ彼らの中で三津はＳｕｂになっているのだろう。

　きっと見たからだ。こいつらは事前にこっそり主人と三津のことを調べてからことに臨んだのだ。身内が心配だったのかもしれないけれど。

　気に入らねーなと三津は誰へともなく呟《つぶや》く。

「もう一度言う。オレとアオとのことは、あんたたちには関係ない」

「主人」

スーツが大仰な溜息《ためいき》をついたのが三津にまで聞こえた。

「私はおまえが心配なんだ。言い訳があるなら家で聞く。帰るぞ」

「触んな！」

怒鳴り声に角から覗いたら、ちょうど圭人が兄の腕を振り払ったところだった。いつの間にか二人のすぐ横に黒い高級車が停《と》まっている。スーツは圭人を開いたドアの中に引きずり込もうとしたようだった。

「オレは帰らないっつってんだろ！　あんたらの言いなりになんか誰がなるか！」

スーツが唇を引き結ぶ。その刹那、全身の毛穴が粟立《あわだ》った。

グレアだ。

普通のＳｕｂならドロップしかねない凄《すさ》まじい圧だった。

おまけに。

「Ｓｕｂのくせに私《Dom》に逆らうな。やはりおまえには飼い主が必要なようだな。いいＤｏｍを知っているから紹介してやる。彼の下でＳｕｂらしい振る舞いというものをみっちり躾《しつ》けてもらえ」

スーツは圭人に他のＤｏｍを宛《あて》がう気らしい。

三津の中で何かがぶつんと切れた。

どうせＮｅｕｔｒａｌ《ニュートラル》には何が起こっているかわからないし、ＤｏｍもＳｕｂも数が少ないから偶然居合わせる可能性は低い。誰にも邪魔されることなく車に押し込めると思っていたのだろうスーツは完全に油断していた。

三津が横道から飛び出し、渾身の跳び蹴りを食らわせる。

助走距離が短く、ほとんど勢いをつけられなかったから大した威力はなかったものの、スーツは吹っ飛んだ。

「おまえ、今、俺のＳｕｂに何しようとした？」

「俺のＳｕｂ、だと……？」

肘を突いて上半身を起こし、仁王立ちになった三津に見下ろされていることに気がついたスーツはぶち切れ喚《わめ》き散らした。

「貴様！　Ｓｕｂのくせに、この私にこんなことをしてタダで済むと思っているのか⁉」

グレアの圧が高まった。三津をもねじ伏せるつもりなのだ。

だがもちろんディフェンスに入った三津を威圧することなどできはしない。

「……あ」

三津がグレアを全開にすると、憤怒に赤黒く染まっていた顔が引《ひ》き攣《つ》った。だが、手加減などしてやらない。己の優位性を笠に着てＳｕｂを苦しめるＤｏｍは等しく踏み潰すべき下衆《げす》だからだ。

「躾が必要なのはおまえだよ。俺が教えてやる。そりゃもう懇切丁寧に、Ｄｏｍらしい振る舞いってのがどういうものかをな」

踏み出そうとする三津の肩を、圭人が摑《つか》んだ。

「アオ」

三津は肩に置かれた手に自分の手を重ねる。

「ああ、圭人。大丈夫か」

「大丈夫だ。オレにアオ以外のグレアは効かない」

言葉とは裏腹に、圭人は三津の背中にもたれかかり肩に顎を乗せた。耳元に吹きかけられた吐息が熱い。

はっとして振り返ると、酔っ払ったかのように血色のよくなった圭人が形のいい唇に淡い笑みを浮かべ、三津を見つめていた。

酔っているのだ。三津のグレアに。

――何でこうも敵意に満ちたグレアを浴びて、気持ちよさそうに酔っ払えるんだ……？

慌ててグレアを弱めると、少し元気を取り戻したスーツが居丈高に命令する。

「イチヤ、警察を呼べ。この私に暴力を振るった報いを受けさせてやる」

三津はせせら笑った。

「いいのか警察なんて呼んで。言っておくけど、まずいことになるのはあんたの方だぞ。街中で俺のＳｕｂをグレアで威圧し、害そうとしたんだからな」

「はっ、どこにそんな証拠がある」

Ｄｏｍの犯罪で厄介なのはこの点だ。グレアを行使したところで物証は残らない。Ｓｕｂを害そうとしたと立証するのは難しい。逆に三津が蹴った後はスーツの胸元にくっきりと残っている。だが、今日の三津はついていた。

「証拠はなくても証人はいる」

親指で背後を示すと、人々が電信柱の陰に隠れるようにして蹲《うずくま》った少女を取り囲み介抱していた。スーツが瞠目《どうもく》する。

「Ｓｕｂ、か……？　何で滅多にいないダイナミクス持ちがこんなところに？　偶然か……？」

三津はにんまり笑った。偶然だが、偶然ではない。あれは三津のストーカーだ。

大学生――圭人の従兄弟《いとこ》だった――は途中で電話を切ったが、他にも通報した人がいたのだろう。駆けつけた警察によって圭人の兄は拘束された。少女は保護され、鎮静剤を投与される。Ｄｏｍによるケアを受けた方が副作用もなく速やかに回復するが、今回三津は彼女のケアを申し出なかった。勤務中ではなかったし、圭人がいたからだ。パートナーとなりかつてより絆《きずな》が深まった現在、もしまた目の前で他のＳｕｂをケアしたりしたら圭人がドロップ《闇堕ち》しかねないし、彼女は三津のストーカーだ。ケアしたらつき纏い行為を助長する愚行を重ねることになる。

思わぬ足止めのせいで約束の時間はとっくに過ぎていた。仕切り直した方がいいのではと思ったが主人がどうしても今日済ませると言い張るので、弁護士事務所を訪ねてみる。柊《しゅう》と古くからの知り合いだという若い弁護士は主人の顔を見ると一瞬固まったものの、再起動すると快く時間を融通してくれた。窓から騒ぎが見えていたんです大変でしたねなんて言っていたが、多分主人の美貌の威力だ。

警察とのやりとりの間も、弁護士と手続きを進める間も、主人はどこかふわふわとしており集中力に欠けていた。

――主人、家に帰るまで《おあずけ《Stay》》だ。

気がついた三津が背伸びして耳元に顔を寄せこっそりコマンドを囁《ささや》いたことによって前回と同じくその場をしのぐことはできたが、酔っ払い頰を紅潮させた主人は何とも色っぽくて三津は気が気ではなかった。一刻も早く帰りたいが、適当に済ませていい用事ではない。すべてが終わった時にはすっかり日が落ちてしまっていた。

主人は車で来ていたがとても運転などできる状態ではなかったので、三津が運転席に乗り込みナビを起《た》ち上げる。あらかじめ登録されていた主人の自宅は、前々からそうではないかと思っていた通り、三津の家からすぐの場所にあった。ただし、三津が住んでいるところとは違い、金持ちの邸宅が並ぶ界隈《かいわい》だ。

ナビ通りに運転して到着し、聳《そび》える洋館を見上げた三津はぱかんと口を開けた。

「うっわ……」

高い壁に囲まれていて一階部分はよく見えないが、敷地が広いのは一目瞭然だ。三津も一国一城の主ではあるが、天と地ほどの差がある。

ガレージに車を入れてほうと息を吐いてから横を見ると、助手席に座る主人と目が合った。待てを食らわされた犬のように、ずっと三津を見ていたらしい。

——ああ。

膚《はだ》の下がざわざわした。三津の中のＤｏｍがこの状況に興奮しているのだ。

「おじゃまします」

飛び石を渡り玄関の扉を開けると、あたたかい風が足首を撫《な》でる。

「ん?」

「白玉!」

振り返ると、しゃがみ込んだ主人が小さな白い子猫を捕まえていた。

「アオ、動くな。足下に黒蜜がいる」

見下ろすと、確かに黒い子猫が三津のスニーカーの爪先をふんふんと嗅いでいる。

「黒蜜って『猫っ毛。』さんの? どうして主人の家に——」

ぶわっと膚が粟立った。

もしかして。

三津は身を屈め、子猫を拾い上げる。『猫っ毛。』に愛情をたっぷり注がれているからだろう。

黒い子猫は人懐こく、初対面の三津を警戒するどころかゴロゴロ喉を鳴らした。

中に入ってみると玄関は広くコートを掛けるクロゼットまであった。奥へと伸びる廊下は個人宅とは思えないほど横幅があり、大きな窓からライトアップされた庭を望めるようになっている。陽《ひ》が昇ればきっと燦々《さんさん》と光が降り注いであたたかい。

廊下を抜け、大きくて重いのに軽く動く引き戸をからからと開けると、見たことのあるソファが目に入った。『猫っ毛。』がゲーム実況をする時やお喋《しゃべ》りする時、座っているソファだ。二十畳はあるだろう部屋には伊勢海老《えび》を捌《さば》いたキッチンや弾き語りに使うピアノもゆったりと配置されている。

やっぱり！

仲が悪いと言う割には圭人と『猫っ毛。』はやりとりしているようだし、これだけでかい家に一人暮らしである。圭人は自分以上に兄と折り合いがわるい『猫っ毛。』をこの家で匿《かくま》っていたのではないだろうか？

——もしそうだとしたら、ここは聖地だ。

ここで『猫っ毛。』が生活して動画の撮影を行っていたのかと思ったら、何だか震えてきたが、今は感動を噛《か》み締めている場合ではない。

「ええっと、茶でも飲む？」

暢気《のんき》にオープンキッチンに向かおうとする圭人の腕を三津は摑んだ。

「そんな余裕、あるのか?」

主人がどこかとろんとした笑みを見せる。

「あー、ない、かも」

「寝室はどっちだ?」

こっちと歩き出そうとしてふらついた主人を横から抱えるようにして足を進める。主人の寝室もまた広かった。この部屋だけで、三津の家くらいある。

部屋に入った三津は主人を放すと、奥に据えられた大きなベッドへとまっすぐ向かった。主人は入り口に立っている。入ってこないのは三津に命令されたいからだ。《来な《Come》》と。

「さて主人、よく今まで頑張った。ご褒美の時間だ。《カム《Come》》!」

ほんの数歩で主人が目の前に来た。三津はベッドに腰掛けると次のコマンドを下す。

「《ニール《Kneel》》」

主人が床に膝を突き、三津の太腿《ふともも》に頭を乗せた。でっかい犬のような挙動が気に入った三津は、艶のある色の明るい髪をわしゃわしゃ両手で掻《か》き回してやる。

「今日、おまえの兄を見て、ようやく学生のうちに家を出たり俺に財産を譲ろうとしたわけが理解できたよ」

足にすりりと主人の頭が擦り寄せられた。

「センターから判定結果が届くまではさ、オレもあっち側の人間だったんだ。Ｓｕｂなんか気持ち悪いって見下していた。自分もそうかもしれないだなんて考えもせずに。送られてきた証明書にＳｕｂって刻印されているのを見た時は信じられなかったし愕然としたよ。反対に父はすぐ、パートナー探しと称してオレをあちこち連れ歩くようになった。オレはこの面《ツラ》だからな。利用できると思ったんだろう。あっという間に背が伸びず、いつまでも小さくて細っこい天使のような美少年だったらどんな目に遭っていたかと思うとぞっとする」

三津は黙って主人の頭を撫でた。初めて会った時は無神経なばかりに見えたが、こんな目に遭ってきていたのなら、むべなるかな、である。

「兄はオレの存在を家の恥みたいに思って、オレには目もくれなくなった。家族以外の奴らには明かさなかったから誰もがオレをＤｏｍかＮｅｕｔｒａｌだと思ってちやほやし続けてくれたけど、バレたら掌を返すに決まってると思うと、仲良くなる気も失せてしまって……オレはいつも腹を立てていた。Ｓｕｂなんてものが存在することや、自分がそのＳｕｂであることに。死んでもＤｏｍのコマンドに従ってプレイなんかするもんかって思ってたから、あんたのコマンドに考えるより早く従ってしまった時には目の前が真っ暗になったけど、あんたは想像していたＤｏｍとは違って、オレに惨めな思いを味わわせたりしなかった……」

主人がまだ頭に添えられていた三津の手に手を重ねた。

「Ｓｕｂ扱いされるの、死ぬほど厭だったはずなのに、今日あんたに、オレのＳｕｂって言われて嬉しかった」

引き下ろした三津の手に、圭人の頬が押し当てられる。

「あんたが好きだ、アオ。兄さんから守ってくれようとして、ありがとう」

掌にキスされ、三津は強く目を閉じた。

じわっと、脳髄が蕩《とろ》けるような気がした。

圭人が向けてくれる愛と信頼に、魂まで満たされる。

「俺も好きだぜ、圭人。で、ご褒美は何がいい？」

頭の天辺《てっぺん》にキスしてやると、圭人は僅かに細めた目で三津を見上げた。

「あんたの命令」

パートナーのコマンドに従うのはＳｕｂにとって悦《よろこ》びだ。ただしだからと言って自分勝手なコマンドを下していいわけではない。Ｓｕｂの望みを汲《く》み、その通りのプレイを演出してやってこそ真の満足を得られるのだと三津は思っている。

三津は圭人から手を放した。

「了解。じゃあ、《服を脱いで《Ｓｔｒｉｐ》》」

圭人の目にそれまでとは違った熱情が浮かんだ。

即座にニットの裾を掴み、頭から抜く。下に着ていたカットソーも脱ぐと、案外引き締まった上半身が露わになった。続いてベルトが緩められ、タイトなデニムが長い足から引っこ抜かれる。圭人の下着の中のものは既に形を変えていた。

三津は全裸になった恋人をじっくり観賞し、改めて嚙み締める。自分の恋人は何て美しいのだろう。

「《ハグ》《Hug》」

命令に従い立ち上がった主人が両手を広げて進み出た。長い腕に抱き締められた三津は確信する。

これだ。

「《キス》《Kiss》」

頰に唇が押し当てられる。それから、唇にも。

「《リック》《Lick》」

「舐めろ」という意のコマンドを出すと優しくベッドの上に押し倒され、ネクタイを引き抜かれた。ワイシャツのボタンが外され、胸骨の上を主人の舌が這《は》う。

「《リック》《Lick》」

たくし上げたアンダーシャツの中に顔を突っ込むようにして腹筋を舐《な》め上げられた。

「《リック》《Lick》」

スラックスの前立てが開かれ、そっと取り出したモノを主人が愛撫《あいぶ》し始める。

「は……あ、《もっと》……」

グレアを乗せられた言葉に従い主人は三津の性器を舐めねぶった。

――Ｄｏｍが命令し、Ｓｕｂが従う。Ｄｏｍの意志がそのままＳｕｂの意志になる。支配欲が満たされるか否かが肝要なのだと三津はずっと思っていたしそう教えられていたが、違った。

三津のコマンドに従う圭人は、思考を放棄しているように思えるほど従順だ。三津への深い信頼がなければこんなことはできない。

「あ……っあ……！」

これは、パートナーをどれだけ深く信じているか、どれだけ己を委ねられるかを確かめるための儀式だ。

三津はきつく目を瞑《つむ》り、圭人の口腔《こうこう》に放った。全部美味《うま》そうに飲み干した圭人がちろりと唇を舐める。その表情の淫蕩《いんとう》さにくらくらした。

「《ギブ《Give》》」

命令を下すと、圭人が待ちかねたようにのしかかってきて、いきり立ったモノを押し当てる。裂けてしまうのではないかと心配になるくらい蕾《つぼみ》が押し広げられ、狭いところを硬く張ったモノがにゅぐ、とこじ開けた。この瞬間はいつも軀《からだ》が強張《こわば》ってしまうけれど、一番太い場所が通り過ぎてしまえば後は。

「あ……あ、《来いよ》、《早く》。《もっと奥まで》……っ」

「ぐ……っ」

主人がこめかみに汗を滲《にじ》ませ抵抗する。

「主人」

「ちょっと、待て。いつもより、きつい。アオを傷つけたくない。もう少し慣らしてから」

「うるさいぞ、主人。《俺がよこせと言っている》んだ」

コマンド通りに主人が、ずん、といい場所を突き上げてきて、三津は仰《の》け反った。

全身の細胞が甘く疼《うず》く。

凄い。

「ひあ……っ、ん、イイ……っ」

「痛く、ないのか……？」

「痛くなくはないけど、おまえの、いつもより熱くて、滅茶苦茶気持ちい……っ」

密着した粘膜越しに肉筒を押し広げる熱の塊の形までわかる気がした。

「だが一回、抜いた方が」

ごねる主人に、三津はにんまりと笑いかける。

「厭だね。動けよ、主人。《主人のすっごいので俺のこと、滅茶苦茶にしろ》」

「……っ」

腰を摑まれて一番奥までねじ込まれ、視界に星が飛んだ。

「う……は……っ」

「くそ……っ。膚がびりびりするほどグレアを浴びせやがって……っ、どうなっても知らないぞ……っ」

激しい動きに軀が弾む。

熱くて硬いモノで中を捏《こ》ね回される。

「ああ、そこ、そこ、おく……っ」

コマンドに背中を押され、主人がぐっと腰を押しつけてきた瞬間、亀頭がぐぽんと入ってはならない場所まで埋まったのがわかった。

「……っあ！」

ぐぽぐぽとくびれに引っ掛けるようにして一際膨らんだ部位を出し入れされ、三津は頭を打ち振るう。

いい。

「えっろい顔しやがって……ここ責められるの、そんなにいいのかよ」

ぐり、と最後に最奥までねじこまれ、三津は全身を痙攣《けいれん》させた。耐える暇もなく尿道を蜜がせり上がってきて、弾ける。

「ん……い……っ」

悦の深さに主人を呑み込んだ場所がびくびくと収縮した。

「……っ、凄いな。大抵の奴がプレイの時にセックスする理由がわかったぜ。脳が沸騰しそうだ。普通にヤるより全然イイ」

「俺も……」

コマンドを重ねていくごとに心も軀も昂《たか》ぶってゆく。彼我の境目が曖昧になるほどの境地に達した瞬間に得られる悦びは多分Ｎｅｕｔｒａｌには理解できない。

主人が再び腰を使い始める。まだ達していない主人のモノは硬く、動くたびにイイ場所にごりごり当たった。

「あっ、あっ、圭人……っ」

「なあ。ここをぐりぐりするとグレアが強くなるのは――」

ぐうっと一点を押し上げられ、三津は悶絶《もんぜつ》した。あんまり良すぎて、目に涙の膜が張る。

「やっぱり。変な波があると思ったら、イイとグレアも強くなるんだな」

そして三津のグレアは圭人にとって気持ちいいらしい。

「アオのここ、もっと虐《いじ》めてもいいか……？」

小刻みに腰を揺らされ、アオの中がきゅううっと収縮した。

「……っ、いいぜ。ご褒美だしな。圭人、《俺のことをもっともっと気持ちよくしろ》……」

口角を引き上げた圭人がちろりと唇を舐める。壮絶なまでに美しく、艶やかな微笑《ほほえ》みに、三津の膚は粟立った。

プレイにセックスは必ずしも必要ない、パートナーと結婚相手は別という人もいる。そう三津は聞いていたし、そういうものなのだろうと思っていた。でもそれは、知らないからではないだろうか。正しい信頼関係を築けさえすれば、こんな境地に至れるということを。

多分これこそが、ＤｏｍとＳｕｂの正しい交感の仕方なのだ。

いきり立った雄を一旦抜くと、主人は三津の躯をひっくり返した。手を突かせ、腰を引き上げる。そうして再び後ろから三津を貫くと、主人は軛《くびき》を解かれた獣のように三津を貪り始めた。

激しく腰を打ちつけられている三津は支配するどころかされているようだ。

「好きだ、アオ。アオ、アオ、アオ……」

後ろを犯されながら三津は淫猥《いんわい》に腰をくねらせる。揺らされる度、ペニスの先端がシーツにこすれて気持ちいい。

「あ、だめだ、いい……っ、凄い、また、イく……っ」

うんと力んだ三津の尻が震えた。

強烈な快楽に頭の中が真っ白になる。

白い蜜が飛んだ刹那放たれたグレアに主人が息を呑み、腰に指が痛いほど食い込んだことをうっすら覚えているけれど。後の記憶はない。

＋　＋　＋

目が覚めると隣で俯《うつぶ》せになった主人がノートに何か書き殴っていた。髪が寝癖で酷《ひど》いことになっていても美形は美形なのだなと感心しつつ眺めていると、三津の目覚めに気づいた主人の唇が尖《とが》る。

「何だよ、起きてたのかよ。アオ、よくできましたは？」

どうやらアフターケアを待っていたらしい。

愛《う》い奴め。

三津はやけに重く感じられる手を持ち上げると、わしわし主人の頭を撫でてやった。

「とってもよくできました」

主人の表情が緩む。三津はおやと思った。心ここにあらずなように見えたからだ。グレアを放った覚えはないのに、どうしてだろう？

「そのノート、何？」

覗き込もうとすると、主人は慌ててノートを閉じ、背中に隠した。

「何でもない。それより今日は仕事？」

「残念ながらな」

「送ってく」

「気が利くな。朝飯はどうする?」

以前行ってみた近所のカフェのモーニングは結構美味《おい》しかった。食べるならあそこに連れて行こうと思ったのだが。

「悪い。仕事がある」

「こんな朝早くから?」

「何だよ、嘘《うそ》じゃねーぞ」

三津はじっと圭人の目を見つめた。やっぱり何かに気を取られ気もそぞろなようだ。

「別に疑ってないって。シャワーだけ借りたかったけど、お邪魔のようだから家に帰ってからにしようかな」

「コートを持ってくる」

風呂ぐらい入っていけと言ってくれたら甘えたかったが、圭人は本当に時間がないらしい。何も考えずに泊まってしまったが、伺いを立てるべきだったろうか。そういえば圭人はつき合い始めてから毎日のように家に入り浸っていたけれど、泊まったことは一度もなかった。

「恋人になったばかりって、四六時中一緒にいたがるもんだと思っていたが、そうでもないんだ。まあ、この家の方が明らかに快適だし当たり前か……」

起き上がってみると、三津は圭人のハーフパンツとカットソーを着ていた。膚触りのいいカットソーは大きく、袖から指先しか出ない。おまけに圭人が着ていた奴なのだろう。圭人のにおいがした。

「服は着ていっていい」

「ん、洗濯して返す。……何かすっごく膚触りがいいけど、これ、普通に洗濯していいんだよな？」

主人がコートを渡してくれたので袖を通す。コートのボタンを留めている間に、主人は適当なトートバッグに三津の服を詰め込み玄関に向かって歩き始めた。何だか追い立てられているようだなと思いつつ、三津は後に続く。

さっきのノートが妙に気になった。

おまえは朝飯をどうするんだ、食べるものはあるのかと聞こうとしたちょうどその時、主人が思い出したように振り返る。

「そうだ、スマホに『猫っ毛。』のライブの電子チケット届いていると思うから、後で見とけよ」

「本当か⁉　やった！　ありがとう！」

後でと言われたのに三津はすぐさまスマホを引っ張り出した。歩きながら操作しようとして、つまずきそうになる。

「アオ」

「大丈夫大丈夫。確かにいただいたぜ、ありがとう。これで『猫っ毛。』さんのライブに行けるんだな。楽しみだ！」

「よかったな」

スマホにキスまでして喜ぶ三津に、圭人はあきれ顔だ。

「それから、オレも色々手伝うことになったんだ。だから次、いつ会えるかわからない。もしかしたらライブ当日まで会えないかも」

おいおいと三津は思う。

仲が悪いという設定はどこへ行ったんだ？

それとも身内だからこその馴れ合いという奴だろうか。

「そうか。それじゃ、時間ができたら連絡してくれ。ライブの日は一緒に行けるんだろう？」

靴を履き、子猫たちが傍に居ないか確かめてから外に出る。足下だけ見ていた三津は、圭人の目が泳いだのに気づかなかった。

「ライブ当日も色々としなければいけないことがあるから無理だと思う」

「そうか？　残念だ」

車に乗り込めば、家まではすぐだ。

圭人の家を見た後だと、じいちゃんからもらった家は酷く小さく古ぼけて見えた。

「送ってくれて、ありがとな。仕事、頑張れよ」

「ん」

三津の激励も上の空で聞き流し、主人はあっさり帰ってゆく。トートバッグを抱えて車を見送った三津は真冬の寒さにぶるっと軀を震わせた。

「なんか今日の主人、いつもと感じが違ったな」

随分とそっけなかったが、可能な限りの法的手続きをして愛を確かめ合ったばかりである。不安はない。

「家の中を見て回らせて欲しかったけど……次行った時でいっか……」

次があると、この時三津は何の疑いもなく信じていたのだけれど。

それっきり、主人が玄関に座り込んで三津の帰りを待ち構えていることはなくなった。

＋　＋　＋

「あ」

施設の横にはちょっとした公園のようなスペースが設けられており、昼時になるとキッチンカーがやってくる。ベンチコートを着てエスニック弁当を買おうと列に並んだ三津は、前に並ぶ女性のバッグに『猫っ毛。』とネイルブランドのコラボグッズであるチャームがついているのに気がつき僅かに頬を綻ばせた。

『猫っ毛。』のライブはもう目前に迫っている。幸せの絶頂にあっていいはずなのに、三津のテンションは低い。主人からの連絡が絶えているからだ。メッセージを送れば一応返事が返ってくるが、単語一文字というぶっきらぼうさである。昨日送ってみた、飯くらいならつき合えないか？　というメッセージへの返事は『無理。』だった。

「思い出したら腹が立ってきた」

弁当を三人分購入した三津は、すぐ傍にある四阿《あずまや》で待っている都築《つづき》と山田《やまだ》の元へと向かう。二人ともダウンコートでふくら雀のようだった。寒いが冬晴れで気持ちのいい天気だ。石造りのテーブルの上には山田が別のキッチンカーで買ってきてくれた珈琲《コーヒー》が湯気を上げている。

「ありがとう、三津」

「ご馳走《ちそう》さまです、先輩！」

「いや奢《おご》るとは言ってないから」

がさがさする厚紙のパックを開けると、まだあたたかいパッタイが現れる。このタイ風米麺焼きそばはエスニックな味つけとうどんにも似た麺の食感が気に入りだ。しばらくの間は空腹だったせいもあり三人とも黙々と頬張っていたが、人心地つくと山田が切り出した。

「それで先輩、例の彼氏とはうまくいってんですか？」

口の中のものを噴き出しそうになり、三津は掌で口元を覆いそっぽを向いた。

「か、彼氏って、何の話だよ」

「え？　先輩はあの、ごつい車で迎えに来ていたすっごいイケメンとつき合ってるんでしょ？　隠したって無駄ですよ。あの人と会った時の先輩、恋する乙女の顔してましたもん」

三津は震撼《しんかん》した。

山田のくせに！　四ヶ月も前の一瞬の邂逅《かいこう》ですべてを見切ったというのだろうか。

「先輩が同性愛者だったのは意外でしたけど、あれほどの美形が相手なら性別なんてどーだっていいですよね。ねっ、室長」

「なぜあの時いなかった室長に同意を求める！」

食事をする傍らテーブルの上に置いたタブレットをつついていた都築が目を上げた。

「私がスーパーで会った美形が、山田の言うイケメンなのだろう？　私も見た瞬間にそういうことなのだろうなと思ったぞ。元々どんなに可愛いＳｕｂに告白されても断っていたからもしやと思っていたし」

三津は肘を突き、項垂《うなだ》れた。

どうやら自分は随分とわかりやすい人間だったらしい。

「気づいてたなら男性のＳｕｂも回してくださいよ」

「マッチングしなかったんだから仕方ない。同性愛者はウチではなく民間の出会い系アプリを利用するらしいぞ。登録時の身元確認は適当なものだし、安全にプレイできる場所の提供もないし、Ｎｅｕｔｒａｌの変態がＤｏｍに成り済まして混じっているという噂《うわさ》もあるから危険なのに」

山田が知ったかぶる。

「ネットで見たんですけど、ＬＧＢＴの人たちの間では施設は利用しない方がいいって言われてるみたいですよ。ほら、プレイする時、どうしたってその手の性癖が明らかになっちゃうじゃありませんか。何年か前に不祥事もあったし」

「あー……」

職員から差別的扱いを受けたという被害者がＳＮＳに書き込んで炎上し、ニュースにまでなったのだ。加害者の職員はきちんと処罰されたが、一度立った悪評は消せない。

「それはともかく、私も気になっていたんだ。三津は最近、スマホを見ては溜息ばかりついているだろう？　前にも一悶着あったって話をしていたし、ここで働いているせいで彼氏との仲がこじれたのか？」

三津は箸を置いた。ゲイだと知られたら白い目で見られるのではないかと思っていたのだが、都築も山田もまるで気にしていないらしい。ならば隠す必要はないし、この胸にわだかまるもやもやを吐き出したい。

「こじれてはない……と思うんですよね。首輪を受け取って貰えましたし、正式なパートナーにもなりましたし」

「ゴールイン⁉　嘘でしょ先輩、いつの間に⁉」

「おめでとう。お祝いをしなくてはいけないな」

でも、と三津は溜息をつく。

「急に連絡もろくにしてくれなくなって」

山田も都築も神妙な顔をした。

「理由に心当たり、ないんすか？」

「仕事が忙しいって……」

なあんだと、山田が乗り出していた身を元に戻した。

「じゃあ仕事が忙しいんじゃありませんか？」

都築も明るくなったタブレットに視線を落とす。

「私もそう思うぞ」

「え」

急に関心をなくした二人に三津は慌てた。

「でも、今まではこっちの都合などおかまいなしで毎日のように押しかけてきていたんですよ⁉　わんこのように纏わりついて離れなかったのに」

都築がちらりと目を上げた。

「三津。結婚前の熱量が永遠に続くと思ったら大間違いだぞ？」

山田も揶揄《からか》う。

「もしかして先輩って、仕事と私、どっちが大事なのなんて言っちゃうタイプですか～？」

「そんなわけないだろ。でも……」

三津は口籠もった。

そうなの、だろうか。主人は全然酷くなんかなくて、自分が気にしすぎなのだろうか。

「首輪《カラー》を受け取って貰えたんでしょう？　なら向こうも先輩を好きってことじゃないですか。大丈夫ですよ。つか、そんなことくらいで不安になっちゃうなんて、先輩って案外繊細だったんですね」

「山田。弁当代、購入手数料込みで三千円な」

「酷っ」

三津は不満だった。山田も都築も最後の朝の主人を見ていないからそんなことが言えるのだと思う。

——それに俺はＤｏｍだ。

ちょっとグレアを発するだけでＳｕｂを傷つけることができる。グレアの扱いについては上《う》手《ま》い方だと思っているし下手を打った覚えもないけれど、今まで散々酷いＤｏｍを目にしてきたせいだろうか、自分では気づかないうちに何かしでかしていて愛想を尽かされたのではないか——なんて考えてしまう。

——俺ってもっと、ふてぶてしい人間だと思っていたんだけどな……。

「そんな顔をするな。あのイケメン、上司だとわかっても私のことを警戒していた。それだけ三津のことを好いているんだ。それより三津、職安でおまえを見たという者がいるんだが」

山田の手から箸が落ちる。

＋　＋　＋

結局、一度も主人と会えることなく『猫っ毛。』のライブの日を迎え、三津は黒いフーディーにボディバッグといういつもの姿で家を出た。

——一緒に『猫っ毛。』さんの曲を聴きたかったんだけどな。

主人は『猫っ毛。』の手伝いをすると言っていた。具体的に何をするのか聞いておけばよかったと三津は思う。よく考えてみれば三津は主人が柊と何の仕事をしているのかさえ知らない。そういえばあいつはどんな音楽が好きなんだろうと考えた三津の足が止まる。一方的に『猫っ毛。』の話ばかりしていて聞いたこともなかったのに気がついたのだ。

会えなくなってから二週間ほどしか経《た》っていないけれど、主人に会いたいし、話したい。

鬱陶しい奴だと思われたくないから圭人から連絡が来るまでおとなしく座って待つ気ではいるけれど、顔だけでも見られたらと早めに家を出てきてしまった。だが、いくら会場をうろうろしたところでそれらしい姿は見当たらない。

――まあ、主役の兄弟で同じ顔をしているのを表に出すわけがないか。

主人のことが気になって仕方がないが、いい加減、ライブに集中しようと三津は両手で自分の頬を叩《たた》く。主人に手配して貰うというズルをしてまで手に入れたチケットだ。目一杯楽しまないと、落選した他のファンに申し訳ない。

諦めて物販の列に並び全種一点ずつ買い込む。ホールに入ると設置されたカメラが目立った。予想を超える人気ぶりに、急遽《きゅうきょ》配信もすることになったらしい。

席はステージ正面、前から三列目の良席だ。

開演時間が近づくにつれて人が増え、熱気も高まってゆく。

『猫っ毛。』と同じ空気が吸える、本人を直接見て、生歌を聴けるのだと思ったら、ようやく気分が高揚してきた。

照明が消える。

真っ暗闇の中、三津はステージへと意識を傾けた。ざわめいていた観客が徐々に静かになってゆき、そして。

化粧品メーカーのＣＭに使われヒットしている曲のイントロが流れ始め、一気に会場が沸いた。

悲鳴のような歓声が上がる中、スポットライトの中に『猫っ毛。』の姿が浮かび上がる。『猫っ毛。』は和風の狐面《きつねめん》を、歌う邪魔にならないよう下部を浮かせて装着していた。鼻の辺りから上はほとんど見えないが、狐面は下につけたスポーツ用のミラーグラスに固定されているようだ。

化粧品会社への配慮か、爪が黒い。ゆったりとしたシルエットのニットは藍色で、流水文様が染め抜かれている。首に巻いたストールはスモーキーブルー。足下はごついハイカットブーツでかためているが、細身のブラックデニムのせいで足の長さが目立つ。

双子なだけあって『猫っ毛。』は実に主人に似ていた。生で見ると、骨格といい肉づきといいそっくりだ。おまけに。

艶のある声が耳に届いた刹那、膚が粟立った。笑みを含んだセクシーな声は、主人がベッドで耳元に吹き込んでくる声とまるで同じだった。

この声が好きだったのだけど、今は何だか腰骨の辺りがぞわぞわして困る。

曲に集中出来なくなってしまった三津は己に言い聞かせた。間違えるな。どんなに似ていても今目の前にいるのは『猫っ毛。』さんで主人じゃないんだと。

二曲目が始まると、スクリーンに愛らしい子猫の姿が映し出された。弾むようなピアノの伴奏に合わせて『猫っ毛。』が子猫たちとの出会いについて、ステージを歩き回りながら楽しげに歌う。多分会場には懸賞で当たっただけで『猫っ毛。』のファンではなくCMの曲以外知らないという人もいるのだろうが、熱量が下がることはない。『猫っ毛。』がにゃあと猫の声真似をしてマイクを持っていない方の手でにゃんこの手を作るたび、聴衆もにゃあと唱和する。

二曲歌い終わって始まったMCは飼っている子猫たちについてだった。スクリーンには歴代のサービスショットが映し出されている。

あざとい。だが、皆、文句なしに楽しんでいる。

三曲目は三津が一番好きな『ぬくもり』だ。日々のちょっとしたことから見いだした幸せを数え上げる軽快ながらしっとりとした曲を聴きながら、三津は『猫っ毛。』が唯一の潤いだった頃を思い出していた。

あの頃の自分は自覚こそしていなかったけれど、生身の人間との接触を避けていた。また『駄目』になって自分が誰とも愛を交わせない人間なのだと思い知らされるのが恐ろしかったのだ。そんな三津を慰めてくれたのが、画面越しに見る『猫っ毛。』だった。

動画配信者なんかにのめりこむなんて不毛だと思う人もいるだろうが、傷つくことなく愛せる存在があってよかったのだと三津は思っている。推しができたおかげで三津は孤独から目を背け日々を楽しく過ごすことができたのだ。

今は圭人がいるけれど、『猫っ毛。』の曲や配信される動画の中で繰り広げられる『癖っ毛。』との緩いやりとりが好きなことに変わりはない。これからもずっと推し続けるつもりだけれども――。

一曲歌い終わると、『猫っ毛。』が小さなテーブルの上に用意されたペットボトルを手に取った。客席に背を向けて狐面を持ち上げ、水を煽《あお》る姿から三津は目を逸《そ》らす。

まただ。

ステージの上にいるのは『猫っ毛。』であって主人ではないとわかっているのに重なってしまう。行為の後、ベッドの縁に腰掛けて美味そうにペットボトルの水を飲む主人の姿が。

――双子だから似てるだけだ。

どう自分に言い聞かせても、主人の姿がちらついた。流れ落ちる汗を手の甲で拭う仕草や、腕に浮いた血管、果てには客に話し掛けるためステージの端でしゃがみ込んだ足の角度にも主人を見てしまう。これではとてもライブに集中出来ない。

――どうしよう。折角チケットを譲ってもらったのに。倍率が高くて大勢のファンが涙を呑んでいるのに。ステージに集中出来ないなんてどうかしている……！

必死に雑念を消そうとしているうちにプログラムが進み、マイクを持った『猫っ毛。』が前に出てきた。暗くなったステージの上から他の面々がはけ、開けたスペースにスタッフがピアノを据えて去る。

「えー、時が経つのは早いもので、次が最後の曲となりました。アルバムのために作った新曲で、今日が初お披露目です。ホワイトデーなので、ラブソングを作ってみたんですけど――」

新曲、しかもラブソングと聞いた客から歓声が上がった。

「実はオレ、今までラブソングって作ったことがなかったんです。あんまり好きじゃないっていうか、理解できなかったから。今回も、それらしい言葉をどれだけ並べても嘘臭い気がしていいと思えなくて、もう諦めて他の曲入れようって『癖っ毛。』にも言われて。そっちの方向で動き始めてたんですけど、好きな人の幸せそうな寝顔見ていたらぶわっと言葉が溢《あふ》れてきて、できちゃいました。『癖っ毛。』にはこんなギリギリになってからふざけんなって怒られたけど、どうしてもこの曲を生でその人に贈りたくて」

口元しか見えないけれど、へへ、と笑う『猫っ毛。』は幸せそうだ。祝福や揶揄《やゆ》の声が客席から上がる。

「――ん？　好きな人？　そりゃいますよ。俺だって普通の男なんだし。――なんて嘘です。本当はオレ、ずっと人を好きになるってどういうことかわかりませんでした。だからラブソングに刺さるものを感じなかったし作ったこともなかったんだけど、その人に会って初めて誰かを大切にしたいって気持ちがどんなものか、好きな人と一緒に過ごすだけでわくわくするってこういうことかって知ることができました。もっともその人とはこの曲を仕上げたり、このライブやアルバムの準備のせいでここ一ヶ月、会うこともできずにいるんだけど。今日はこの曲をその人に捧げさせてください」

マイクをスタッフに渡した『猫っ毛。』がピアノの前に座る。そして首に巻いていたストールを取った。

——嘘だろ。

三津は愕然《がくぜん》とする。

『猫っ毛。』はストールの下に黒い革のチョーカーをつけていたのだ。

口元に薄い笑みを浮かべた『猫っ毛。』が、鍵盤に指を置く。始まったのはしっとりとしたバラード……ではなく、胸焼けしそうなほど甘ったるいラブソングだった。曲調こそコミカルだが、聞いていると中高生が作ったような青臭い愛の言葉の数々に背中が痒《かゆ》くなる。コミックソングなのかな？　と思ったが、『猫っ毛。』の顔は真剣だ。

——違うよな。『猫っ毛。』さんが主人なわけない。あのチョーカーだって、似ているだけできっと別物だ。『猫っ毛。』さんはたまたま似たようなチョーカーを持っていて——いや、主人がつけているのを見て気に入って、同じチョーカーを買ったのかも——。

我ながら無理があると思いつつ、チョーカーが示唆《しさ》する真実から目を背けようとしていると『猫っ毛。』が歌い終わり大きな拍手が上がった。

立ち上がった『猫っ毛。』が観客に向かって一礼する。

そして、狐面つきのサングラスが無造作に外された。

————！

悲鳴混じりのどよめきの中、これまで頑《かたく》なに隠されてきた『猫っ毛。』の素顔が晒《さら》される。

露わになった『猫っ毛。』の顔は恐ろしく整っていた。

主人だ。

会場が揺れるほどの騒ぎの中、三津は目を見開きステージの上に立つ男を見つめる。

双子の兄弟なんかじゃない。声や喋り方、チョーカー《三津が贈った首輪》、そして三津の本能が、『猫っ毛。』は主人本人だと断言していた。

とっくに場所を確認していたのだろう。『猫っ毛。』が三津に向かってひらひらと手を振る。

周りに座る人たちがきゃーと悲鳴を上げ手を振り返す中、三津は頭の芯が痺れたようになってしまい動けずにいた。

苦笑した『猫っ毛。』が踵《きびす》を返し、花嫁がブーケを投げるように狐面を後ろに投げる。聴衆が客席に落ちた狐面を奪い合っている間に『猫っ毛。』は袖へと消えていった。

すぐさま観客が手を叩き始める。これほどまでに熱意の籠もったアンコールを、三津は聞いたことがない。

ほどなく再登場した主人は素顔のままだった。再びピアノの前に座ると、設置されたマイクの位置を調節する。

「ちょっと時間押してて近隣に迷惑掛かっちゃうんで、これでラストです」

もう一度、新曲を歌い始める。イケメンが歌うと馬鹿みたいに甘いラブソングも様になる
——ということはなく、やっぱり笑ってしまうほどクサかった。けれど、泣けてくるほど胸に

染みた。何でちやほやしてくれないのとか、オレのために怒ってくれてありがとうとか歌われているのは、勘違いでなければ三津なのだ。

「じゃあ、今日は本当にありがとう。もう遅いから、帰り道、気をつけて」

歌い終わった主人はそう言うと、三津に向かって手を振った。

もうアンコールがないことはわかっている。聴衆が速やかに引けていっても、三津は席から立ち上がれずにいた。

やがてウェリントンタイプの黒眼鏡を掛けたスタッフがやってきて、一人だけぽつんと取り残されていた三津の隣に座った。

「残っていてくれてよかった。アオさん、お久し振り。どうでした？　主人の恋歌は」

「アレによくゴーサインだしたな」

「あいつが一生懸命頑張って作った曲ですから。恋についてだけは歌も現実同様どーしようもなく不器用だっていうのは予想外だったけど、あれが主人の精一杯みたいですし、一曲ぐらいああいうのがあってもいいかなって思って。よくなかったですか？」

「よくないなんて言ってない」

「じゃあ、気に入った？」

三津は肘掛けに肘を乗せて顎を支えると、上目遣いに柊を睨《にら》みつけた。

「柊。主人が『猫っ毛。』だって何で教えてくれなかったんだよ」

「僕は隠さない方がいいって言ったんですけど、圭人が言うなって言ってきかなくて」

三津は横目にステージを見る。いつも自分の家の古い炬燵《こたつ》でミカンを食べ、ニールと言えば即座に足下に跪《ひざまず》いていた男がさっきまであそこでスポットライトを浴びて歌を歌っていたのだと思うと、何だかくらくらしてきた。

「なあ、柊。圭人に会いたいんだが」

「よかった。臍《へそ》を曲げて帰ると言われたらどうしようかと思ってたんです。圭人は楽屋でアオさんを待ってます。僕は圭人に案内するよう頼まれてきたんです。どうぞこちらに」

芝居がかった仕草で胸に手を当て一礼した柊に導かれるまま三津は廊下に出た。突き当たりにある扉を開けると、本番が終わった安心感からかどこか弛緩《しかん》した空気を漂わせたスタッフが行き交う空間へと抜ける。

扉横に『猫っ毛。』様とプリントされた紙が貼られたボードがある部屋が楽屋らしい。柊は形だけノックすると、返事を待たずに扉を開けた。思ったより狭苦しい空間では圭人が、化粧品メーカーの社員とおぼしき若い女性と歓談していたが、三津に気づくと慌てたように腰を浮かせた。

「あっ、アオ……っ」

「圭人、ちょっとそこに座れ」

足下を指さすと、グレアも出していないのに圭人は即座に床に正座した。いそいそと命令に従う従順さといい、ひたと三津の挙動を見つめる眼差《まなざ》しといい、大型犬のようだ。

一緒にいた女性がぎょっとして柊に囁いているのが聞こえる。

「『癖っ毛。』さん、この人、止めなくていいんですか⁉」

「ああ、田中《たなか》さん、放っておいて大丈夫です。ちょっかいを出しても馬に蹴られるだけですからね」

「馬に蹴られる⁉ ってことは、えっ、まさかラブソングの……？」

まじまじと見つめられ、じわじわと三津の顔に熱が上がる。初めてのちゅうがどうとか、抱き締めると腕の中にすっぽり収まるコンパクトな軀に似合わず喧嘩《けんか》っぱやいところが好きとか、さっき聞いたばかりの歌詞が頭の中で回り始めた。圭人は何という歌を作ってくれたのだろう！

三津はしゃがみ込むと圭人と視線を合わせてにっこり笑った。

「おまえ、俺に何か言うことがあるよな？」

問い詰められる覚悟はできていたのだろう。圭人は即座に頭を下げた。

「『猫っ毛。』はオレだということを隠していてゴメンナサイ。でも！ オレはアオの夢を壊してはいけないと思って！」

三津は目をぱちくりさせる。

「夢？」

「そうだ。アオは『猫っ毛。』をオレよりずっと完璧で素晴らしい人だと思っていただろ？　正体がオレだとわかったらがっかりすると思ったんだ。……実際、しただろ？」

そう拗《す》ねたように問う主人があんまり不安そうで、三津は慌てて否定した。

「まさか。がっかりなんかするわけないだろう？」

確かに本人に会わせてやろうかと言われて会いたくないと答えたことはある。主人と比べて持ち上げたことも。

でも、連絡をくれないだけで居ても立ってもいられなくなってしまうほど好きな男なのだ。それが推しだったとわかったところで……わかったところで……。

三津は頭を抱えた。会うたび布教してやろうと『猫っ毛。』の話をしていた記憶が頭の中でぐるぐる回る。偉そうに『猫っ毛。』の活動について説明して、本人に動画を見せようとして、プレイでは足下に跪かせて……。

その場に蹲り動かなくなってしまった三津の顔を、主人は恐る恐る覗き込もうとした。

「アオ？　怒ってるのか？」

三津は顔を伏せたまま、ふるふると首を振る。

「違う。逆だ。知らなかったとはいえ、今まで何という畏《おそ》れ多いことをしていたのかと」

「うわ、そっちにいったのか。やめろよなー、わかってんだろ？　畏れ多いことなんて何もないって。オレ、アオのおかげで自分の音楽に自信を持てるようになったんだぜ？　今まで作れなかったラブソングも作れるようになったし、仕事の幅も広がったし、兄にも堂々と言い返せるようになった。全部アオが色々言ってくれたおかげだ」

肩を摑まれ、ぐいと軀を起こされる。恐る恐る顔を上げたらぎゅっと抱き締められた。柊がぐっと親指を立て、部屋の隅で気配を消していた女性が両手で口を覆う。二人とも目を逸らすつもりはないらしい。少しは遠慮しろよと思いつつ、三津は主人の背に手を回す。

「今日のライブ、配信もしてたのに、顔出しして良かったのか？」

主人はあっけらかんとしたものだった。

「家にはもうバレたんだ。匿名のままでいるメリットはない。それに謎の『猫っ毛。』ではなくオレからアオにラブソングを贈りたかったから」

三津は大きな溜息をついた。

「事情は何となく把握したが、急に連絡絶つのは止めろよな。色々考えてしまっただろう。何かやってしまったかって」

「何かって……何で⁉」

心底意外そうに聞き返され、三津は主人の背中を抓《つね》った。

「最後の日のおまえの態度、やけによそよそしかったし、さっさと帰れとばかりに俺を追い立てただろう？」

大きな掌に背中を撫でられる。

「悪い。あの時はようやく訪れた閃《ひらめ》きを逃してしまうんじゃないかと気が気じゃなかったんだ。早く一人になって歌詞を纏めたかったから、そんなつもりはなかったけど確かに扱いが雑だったかも。連絡はMCでも言った通り、ギリギリで一曲ねじ込んだから本当に余裕がなくて」

必死に言い訳する様子から伝わってくる。不安に思う必要など欠片《かけら》もなかったのだと。

なんだ。なーんだ……。

ほっとした三津は圭人の頭を抱き締めた。

「わかったよ。しょうがないから許してやる。……歌、ありがとうな」

砂糖よりなお甘いと感じた言葉の数々が自分に向けられたものだと思うと、ちょっと恥ずかしいけれど。

軽く背中を叩いてから離れると、圭人は嬉しそうに目元を緩めた。

「気に入ってくれたんなら、嬉しい」

と。

＋　＋　＋

電話を取るなり山田が興奮して喋りまくり始めた。

『あっ、先輩！　先輩があんまり勧めるから「猫っ毛。」のライブ配信、見たんですけどっ！　先輩の彼氏って「猫っ毛。」だったんですか⁉』

電話に出てしまったことを後悔しながら、三津はいい加減に返答する。

「現在、おかけになった電話は、電源が入っていないか、電波の届かないところにあります」

『何言っているんですか、先輩、出て喋っているじゃありませんか！』

「取り込み中なんだ、察しろよ。また明日な」

『あ、わかった！　先輩、「猫っ毛。」と一緒にいるんでしょう！　ライブの後ですもんね。誤解は解けましたか⁉』

うるせー。

「ぶちっとな」

電話を切ってスマホをポケットにしまうと、低い唸《うな》り声を上げる電子レンジの中を覗いていた主人が腰を伸ばした。にやにや笑っている。

「容赦なく切るなー」

「Ｄｏｍは嫌いなんだ」

三津と圭人は圭人の家にいた。打ち上げの席が用意されていたものの別れ難く、『癖っ毛。』にすべてを託して帰ってきたのだ。

帰る前に、圭人は関係者すべてに礼を言って回った。にこやかに今日はありがとうございましたと頭を下げて回る圭人を見た三津は、やはりこの男は圭人ではなかったのではないかと思ったが、柊曰《いわ》く、圭人はいいおうちで育ったので、その気になればそつなく振る舞うくらい朝飯前らしい。初対面で殴りかかられた三津としては納得がいかない。

ライブを終わった時にはすぐにも抱き合いたい気分だった。でも、挨拶を終え、圭人の家に着いた時には大分遅い時刻になっており、何か食べないことには途中でスタミナが切れてしまいそうだった。それに圭人宅にはご馳走が用意されていた。

ペンダントライトのやわらかな光に照らし出されたダイニングテーブルには、冷蔵庫から取り出されたローストビーフに海鮮サラダ、あたためたばかりのバゲットが並んでいる。炊飯器にはごはんもあるらしい。コンロではシチューがあたためられている。

「いつもこんなにうまそうなもの食べてんのか？」

「まさか。ばあやに頼んでおいたんだ。アオが来るから夕食を用意しておいてくれって。アオや弁護士の情報を実家に漏らしてしまったことを申し訳ながっていたからな。随分と頑張ってくれたみたいだ。」

「ああ……」

圭人はぐつぐつ呟き始めたシチューの鍋を物珍しそうに覗く。

「あの時は面倒なことになって悪かった。ばあやも悪気はなかったんだ。ただ、元々は実家に雇われていた人で兄やイチヤのことも可愛がっていたから、個人情報を流してはいけないという意識がなくて」

「なるほど。それで軽い気持ちでぼっちゃまが怪しい男に誑《たぶら》かされているとぺらぺら話してしまったと」

主人に鍋を任せておくのが不安で三津もコンロの前に立つと、長い腕に絡め取られた。

「怒ってんのかよ?」

僅かにかおる汗の臭いに、腹の底の方がぞわぞわする。

「別に。年寄り相手に怒ったりなんかしないさ。こうして美味《うま》いものも用意してくれたわけだしな」

焼きつかないよう、時々鍋を掻き混ぜる。十分あたたまると三津はシチューを器にたっぷりよそった。主人も白飯をサーブしてくれる。

「いただきます」

テーブルを挟んで向かいに座り、申し合わせたように唱和すると、三津はまずローストビーフに手を伸ばした。やわらかく、自家製らしいソースがまた美味《おい》しい。

三津とは違いまずシチューを口に運んだ主人は十秒ほど目を瞑っていたが、もう一匙《ひとさじ》すくうと、テーブル越しにスプーンを差し出してきた。

「アオ、これ、美味い」

あーんという奴である。

素直に口を開け、自分からスプーンを咥《くわ》え込むと、ブイヨンの利いた優しい味が口の中いっぱいに広がった。

「ありがとう。こっちも美味いぞ」

三津もくるりと丸めたローストビーフを箸で摘まんで差し出す。ぱくりと食いついた主人はよく嚙んで呑み込むとふはっと笑った。

「オレら、バカップルみたいだな」

楽しいが、零《こぼ》さないよう気を配りつつ食べさせ合い続けるには腹が減りすぎている。一度で気が済んだ三津は大口を開け、料理を口の中へ詰め込み始めた。

「おまえ、過去につき合っていた女ともこういうことをやってたのか？」

主人は鼻を鳴らした。主人もすごい勢いで食べているが、所作が綺麗《きれい》なせいかがっついているようには見えない。

「そもそもオレに『つき合った女』なんかいねー。いるのは『寝た女』だけだ。でもってそんな奴らの手からものを食べたら何盛られるかわからないだろ。よってこんなことはしたことがありません」

「女の子じゃあるまいし、盛られるなんてことがあるのか？」

「孕《はら》めばオレと結婚できるからな」

顔がいいがために、主人は随分と過酷な環境を生き抜かねばならなかったようだ。

かなりの量があった料理を綺麗に平らげると、三津と主人はテレビの前に移った。ばあやは甘味も用意してくれていた。イチゴが飾られたババロアだ。

まずバットと取り分け用のスプーンを持った三津がテレビの正面に陣取る。ソファもあったが食べにくそうなので、敢えてふかふかの敷物の上に直接胡座《あぐら》をかいてローテーブルにバットを置くと、取り分け用の硝子器《うつわ》を持った主人がわざわざ三津とソファの間に軀をねじ込んできた。硝子器を置くと、両手を三津の腹に回して囲ってしまう。

好きなだけ硝子器にすくって食べるババロアは、仄《ほの》かに酸味があって美味しい。ふたすくい目を追加しようとすると、先にババロアを食べ終わった主人がうなじにキスしてきた。手も服の中に入ってくる。

「おいこらくすぐったいだろ。おまえはおかわりしないのか?」

「んー、アオが食べさせてくれるなら食べる」

主人はまだバカップルをやりたいらしい。随分と長い間会えずにいたのだからいいかと三津はババロアをスプーンですくった。肩越しに後ろへと差し出してやる。

「ステージで歌う主人、かっこよかったぜ」

「本当に?」

主人があぐ、とスプーンに食いつく。肩に乗せられた顎が重い。

「俺が世辞を言うと思うか？」

　ババロアを食べさせながら三津はぼんやりとライブの記憶を反芻《はんすう》する。

　手足が長くスタイルがいいから、ピアノを弾く姿もマイクを両手で抱え込むようにして歌う姿もキマっていた。

　ファンではない人も多いのだろうと思っていた観客は予想以上にステージに集中していたし、最後の素顔を晒した瞬間の悲鳴には会場が揺れていた。

「アオって体温高いよな」

　腹筋を撫で上げた指先に乳首を摘まれ、三津は持っていた硝子器とさじを置く。

「こら、悪戯すんな」

「触っちゃ駄目なのかよ」

　くにくに、くにくに。

　指の腹で強く小さな粒を押し潰され、腰が浮きそうになる。

「駄目じゃ……ない……」

　首を目一杯捻ってキスしてやると、ふわふわの敷物の上に押し倒された。服越しに股間を煽られながら唇を奪われ、三津は主人の背に手を回す。

「……はっ、……そ……そういえ、ば、都築さんに講師にならないかと声を掛けられた」

　抓られて敏感になってしまった乳首を舐められ、三津は必死に言葉を紡いだ。フーディーの中に頭をつっこみ三津の胸を愛撫する圭人の姿は大きな犬か猫のようだ。

「講師？」

「俺、グレアの制御がうまいらしいんだ。Ｄｏｍをグレアで制圧するコツとかＳｕｂのケアの仕方を、まずは施設で働いている他のＤｏｍに伝授する。それが軌道に乗ったら、パートナーを得られないＤｏｍ向けのモテ講座とか、問題児向けの矯正講座にも手を広げる」

三津にパートナーになるかもしれない相手がいると知った都築が危機感を持ち、考えてくれたらしい。多分これで他のＳｕｂ相手のプレイはほぼしなくてよくなる。

今の仕事が天職だと思っていたが、自分のようなＤｏｍが増えればより多くのＳｕｂに安寧を与えることができる。Ｓｕｂを大切にして心を通わせることができれば、もっといいプレイを味わえるということも布教したい。

それに夢の正規雇用である。秘かに不安定な非常勤の身分を憂いていた三津としては、目の前が開けたような気持ちだ。

上半身を起こした圭人が服を脱ぎ始める。

フーディーを頭から抜きながら三津は圭人を見上げた。

「しばらく会ってなかったせいかな。圭人が前より綺麗になった気がする」

圭人の肉体はしなやかな上にほどよく引き締まっていて見応えがある。

「オレは毎日あんたのことばかり考えていたせいか、こうしていてもアオが愛《いと》おしくて、愛おしくて、どうにかなってしまいそうだ」

ベルトのバックルを外そうとしていた主人がいきなり腰を折り、キスしてきた。我慢出来なくなってしまったらしい。

三津は僅かにグレアを放った。

「俺をどうしたい？《言ってみろよ》《Say》」

主人がごくりと喉を鳴らす。

「――いっぱいえっちなことをしたい。コマンドも欲しい」

三津は手を伸ばすと、主人の頰を撫でてやった。

「《いい子》《Goodboy》だ」

――Ｄｏｍは嫌いだ。そのせいで三津は自分のこともあまり好きじゃなかった。

でも、今は自分でも人並みに他人を愛して、幸せにすることができるのではないかと思い始めている。主人が人目も憚《はばか》らずくさい歌を贈ってくれるほど好いてくれたおかげだ。

「じゃあ今夜は、《おまえがどれだけ俺を好きか、軀で教えてくれよ》」

好き勝手していいと言ったも同然のコマンドに主人の美しい唇が撓《たわ》み――その夜、三津は頭の天辺から爪の先まで愛されているのだと思い知らされたのだった。

＋　＋　＋

『猫っ毛。』の新曲はネットで配信され、凄い美形がアホみたいなゲロ甘ラブソングを真面目に歌っているのが受けたのか、えげつない再生数を記録、昨今では珍しい大ヒットとなった。

顔出しNGを解除した『猫っ毛。』へは仕事の依頼が殺到した。そのほとんどを主人はすげなく断ったが、即座に新しいCMへの出演を打診してきたネイルブランドにはそれまでの流れもあり快諾。出演・曲『猫っ毛。』というファンにとっては夢のようなCMが放送されることとなった。

化粧品メーカーのCMなのだから『猫っ毛。』を上品に、最高に美しく撮ってくれるに違いない。やっぱり『猫っ毛。』が色んな色のネイルを塗って魅せてくれたりするのだろうか——という大方の予想は裏切られることとなる。CMの内容はいつも動画撮影に使っているソファの上で胡座をかいた『猫っ毛。』が、頭に斜めに狐面を着けたまま、並んで座る友達らしき男性——顔は映っていない——の爪にネイルを塗ってやるというものだったからだ。

『おまえ、爪が弱いんだから、ちゃんとケアしろよな』と笑う『猫っ毛。』のお陰で、期待していたほど取り込めずにいた男性やネイルを使わないような若年層にも認知され、ネイルは異例の売り上げを記録することとなる。

あとがき

こんにちは、成瀬《なるせ》かのです。

今回はDom《ドム》/Sub《サブ》ユニバースものに初挑戦。

Dom/Subといえば、SMちっくなプレイやセックス！　だと思うのですが、痛いことも苦しいこともほぼない、両片想いバカップルの話となりました。

Dom/Subは特殊な設定が多くて前提条件を呑み込むまでが大変なのですが、プレイという行為が必要であることが最高だなーと思っています。中でも、必ずしも性的なことをしていなくても成立するところがいい。でかい男を言葉だけで屈服させられたりするのって、凄くえっちでよくないですか？　その先にセックスありのプレイがあるのもいい！

最初のプロットではバリバリの芸能界ものかつ王子さまものと、今より浮き世離れした設定で考えていたのですが、華やかすぎて、書いていて『すん……』となりそうな予感に襲われたので、少しは身近な動画配信者に変えました。

テンプレではありますが、片恋相手が推しであることに気づかないというシチュエーションが好きなので、今回書けて満足です。
「好きな人に初めてを捧げる」というのも大好物なので、攻にも受にも初めてを経験してもらうという欲張り仕様にしてみました。導く側がうきうきで調子こいているところを書くのが本当に楽しかったです。

挿し絵はみずかねりょう先生。他社でも描いていただいたことがありますが、本当に美麗で繊細で！　またご縁があって描いていただけてハッピーです！

好きに書かせてくださった編集様、この本の制作に関わってくださったすべての方、そしてこの本を買ってくださった貴方に感謝を。また次のお話でお会いできたら幸いです。

成瀬かの

この本を読んでのご意見、ご感想を編集部までお寄せください。

《あて先》〒141-8202　東京都品川区上大崎3-1-1　徳間書店　キャラ編集部気付
「ご褒美に首輪をください」係

【読者アンケートフォーム】

ＱＲコードより作品の感想・アンケートをお送り頂けます。

Ｃｈａｒａ公式サイト http://www.chara-info.net/

Chara

ご褒美に首輪をください…………【キャラ文庫】

■初出一覧
ご褒美に首輪をください……書き下ろし

2023年4月30日　初刷

著者　成瀬かの
発行者　松下俊也
発行所　株式会社徳間書店
〒141-8202　東京都品川区上大崎3-1-1
電話　049-293-5521（販売部）
　　　03-5403-4348（編集部）
振替　00140-0-44392

印刷・製本　株式会社広済堂ネクスト
カバー・口絵
デザイン　カナイデザイン室

ISBN978-4-19-901096-5